# 吉林全書

著述編

⑩

吉林文史出版社

**圖書在版編目（CIP）數據**

秋笳集；歸來草堂尺牘 /（清）吴兆騫著．-- 長春：吉林文史出版社，2024. 12. --（吉林全書）. -- ISBN 978-7-5752-0840-6

Ⅰ. I214.92

中國國家版本館 CIP 數據核字第 2024B73X54 號

QIUJIA JI　　GUILAI CAOTANG CHIDU

# 秋笳集　歸來草堂尺牘

著　　者　［清］吴兆騫
出 版 人　張　强
責任編輯　王　非　董　芳
封面設計　溯成設計工作室
出版發行　吉林文史出版社
地　　址　長春市福祉大路5788號
郵　　編　130117
電　　話　0431-81629356
印　　刷　吉林省吉廣國際廣告股份有限公司
印　　張　29.75
字　　數　120千字
開　　本　787mm×1092mm　1/16
版　　次　2024年12月第1版
印　　次　2024年12月第1次印刷
書　　號　ISBN 978-7-5752-0840-6
定　　價　150.00圓

# 《吉林全書》編纂委員會

# 總　序

『長白雄東北，嵯峨俯塞州。』吉林省地處中國東北中心區域，是中華民族世代生存融合的重要地域，素有『白山松水』之地的美譽。歷史上，華夏、濊貊、肅慎和東胡族系先民很早就在這片土地上繁衍生息，高句麗、渤海國等中國東北少數民族政權在白山松水間長期存在，以契丹族、女真族、蒙古族、滿族融合漢族在内的多民族形成的遼、金、元、清四個朝代，共同賦予吉林歷史文化悠久獨特的優勢和魅力，決定了吉林文化不可替代的特色與價值，具有緊密呼應中華文化整體而又與衆不同的生命力量，見證了中華民族共同體的融鑄和我國統一多民族國家的形成與發展。

提到吉林，自古多以千里冰封的寒冷氣候爲人所知，一度是中原人士望而生畏的苦寒之地，一派肅殺之氣。再加上吉林文化在自身發展過程中存在着多次斷裂，致使衆多文獻湮没、典籍無徵，一時多少歷史文化精粹『明珠蒙塵』，因此，形成了一種吉林缺少歷史積澱，文化不若中原地區那般繁盛的偏見。實際上，在數千年的漫長歲月中，吉林大地上從未停止過文化創造，自青銅文明起，從先秦到秦漢，再到隋唐直至明清，吉林地區不僅文化上不輸中原地區，還對中華文化産生了深遠的影響，爲後人留下了衆多優秀古籍，涵養着吉林文化的根脉，猶如璀璨星辰，在歷史的浩瀚星空中閃耀着奪目光輝，標注着地方記憶的傳承與中華文明的賡續。我們需要站在新的歷史高度，用另一種眼光去重新審視吉林文化的深邃與廣闊，通過豐富的歷史文獻典籍去閱讀吉林文化的傳奇與輝煌。

吉林歷史文獻典籍之豐富，源自其歷代先民的興衰更替、生生不息。吉林文化是一個博大精深的體都城，再到西團山文化的青銅時代遺址，再到二龍湖遺址的燕國邊城，都見證了吉林大地的文明在中國歷史長河中的肆意奔流。早在兩千餘年前，高句麗人的《黄鳥歌》《人參贊》以及《留記》等文史作品就已在吉林誕生，成爲吉林地區文學和歷史作品的早期代表作。高句麗文人之《新集》，渤海國人『疆理雖重海，車書本一家』之詩篇，金代海陵王詩詞中的『一咏一吟，冠絶當時』，再到金代文學的『華實相扶，骨力遒上』，皆凸顯出吉林不遜文教、獨具風雅之本色。

吉林歷史文獻典籍之豐富，源自其地勢四達并流、山水環繞。吉林土地遼闊而肥沃，山河壯美而令人神往，吉林大地可耕可牧、可漁可獵，無門庭之限，亦無山河之隔，進出便捷，四通八達。沈兆禔在《吉林紀事詩》中寫道，『肅慎先徵孔氏書』，印證了東北邊疆與中原交往之久遠。早在夏代，居住於長白山脚下的肅慎族就與中原建立了聯係。一部《吉林通志》，『考四千年之沿革，挈領提綱；綜五千里之方輿，辨方正位』，從時間和空間兩個維度，寫盡吉林文化之淵源深長。

吉林歷史文獻典籍之豐富，源自其民風剛勁、民俗絢麗。《長白徵存録》寫道，『日在深山大澤之中，伍鹿豕，耦虎豹，非素嫻技藝，無以自衛』，描繪了吉林民風的剛勁無畏，爲吉林文化平添了幾分豪放之感。清代藏書家張金吾也在《金文最》中評議，『知北地之堅强，絶勝江南之柔弱』，足可見，吉林大地與生俱來的豪健英杰之氣。同時，與中原文化的交流互通，也使邊疆民俗與中原民俗相互影響、不斷融合，既體現出敢於拼搏、鋭意進取的開拓精神，又兼具脚踏實地、穩中求實的堅韌品格。

吉林歷史文獻典籍之豐富，源自其諸多名人志士、文化先賢。自古以來，吉林就是文化的交流彙聚之地，從遼、金、元到明、清，每一個時代的文人墨客都在這片土地留下了濃墨重彩的文化印記。特别是，清代東北流人的私塾和詩社，爲吉林注入了新的文化血液，用中原的文化因素教化和影響了東北的人文氣質和文化形態；至近代以『吉林三杰』宋小濂、徐鼐霖、成多禄爲代表的地方名賢，以及寓居吉林的吴大澂、金毓黻、劉建封等文化名家，將吉林文化提升到了一個全新的高度，他們的思想、詩歌、書法作品中無一不體現着吉林大地粗狂豪放、質樸豪爽的民族氣質和品格，滋養了孜孜矻矻的歷代後人。

盛世修典，以文化人，是中華民族延續至今的優良傳統。我們在歷史文獻典籍中尋找探究有價值、有意義的歷史文化遺産，於無聲中見證了中華文明的傳承與發展。吉林省歷來重視地方古籍與檔案文獻的整理出版。自二十世紀八十年代以來，李澍田教授組織編撰的《長白叢書》，開啓了系統性整理、組織化研究吉林文獻典籍的先河，贏得了『北有長白，南有嶺南』的美譽；進入新時代以來，鄭毅教授主編的《長白文庫》叢書，繼續肩負了保護、整理吉林地方傳統文化典籍，弘揚民族精神的歷史使命，從大文化的角度折射出吉林文化的繽紛异彩。隨着《中國東北史》和《吉林通史》等一大批歷史文化學術著作的問世，形成了獨具吉林特色的歷史文化研究學術體系和話語體系，對融通古今、賡續文脉發揮了十分重要的作用。正是擁有一代又一代富有鄉邦情懷的吉林文化人的辛勤付出和豐碩成果，使我們具備了進一步完整呈現吉林歷史文化發展全貌，淬煉吉林地域文化之魂的堅實基礎和堅定信心。

當前，吉林振興發展正處在滚石上山、爬坡過坎的關鍵時期，機遇與挑戰并存，困難與希望同在。站在這樣的歷史節點，迫切需要我們堅持高度的歷史自覺和人文情懷，以文獻典籍爲載體，全方位梳理和展示吉林政治、經濟、社會、文化發展的歷史脉絡，讓更多人瞭解吉林歷史文化的厚度和深度，感受這片土地獨有的文化基因和精神氣質。

鑒於此，吉林省委、省政府作出了實施《吉林全書》編纂文化傳承工程的重大文化戰略部署，這不僅是深入學習貫徹習近平文化思想、認真落實黨中央關於推進新時代古籍工作要求的務實之舉，也是推進吉林優秀傳統文化保護傳承、建設文化强省的重要舉措。歷史文獻典籍是中華文明歷經滄桑留下的最寶貴的東西，是吉林優秀歷史文化『物』的載體，彙聚了古人思想的寶藏、先賢智慧的結晶。對歷史最好的繼承，就是創造新的歷史。傳承延續好這些寶貴的民族記憶，就是要通過深入挖掘古籍藴含的哲學思想、人文精神、價值理念、道德規範，推動中華優秀傳統文化創造性轉化、創新性發展，作用于當下以及未來的經濟社會發展，更好地用歷史映照現實、遠觀未來。這是我們這代人的使命，也是歷史和時代的要求。

從《長白叢書》的分散收集，到《長白文庫》的萃取收録，再到《吉林全書》的全面整理，以歷史原貌和文化全景的角度，進一步闡釋了吉林地方文明在中華文明多元一體進程中的地位作用，講述了吉林人民在不同歷史階段爲全國政治、經濟、文化繁榮所作的突出貢獻，勾勒出吉林文化的質實貞剛和吉林精神的雄健磊落、慷慨激昂，引導全省廣大幹部群衆更好地瞭解歷史、瞭解吉林，挺起文化脊梁、樹立文化自信，不斷增强砥礪奮進的恒心、韌勁和定力，持續激發創新創造活力，提振幹事創業的精氣神，爲吉林高品質發展明顯進位、全面振興取得新突破提供有力文化支撑，彙聚强大精神力量。

爲扎實推進《吉林全書》編纂文化傳承工程，我們組建了以吉林東北亞出版傳媒集團爲主體，涵蓋高等院校、研究院所、新聞出版、圖書館、博物館等多個領域專業人員的《吉林全書》編纂委員會，并吸收國内知名清史、民族史、遼金史、東北史、古典文獻學、古籍保護、數字技術等領域專家學者組成顧問委員會，經過認真調研、反復論證，形成了《〈吉林全書〉編纂文化傳承工程實施方案》，確定了『收集要全、整理要細、研究要深、出版要精』的工作原則，明確提出在編纂過程中不選編、不新創，尊重原本、致力全編，力求全方位展現吉林文化的多元性和完整性。在做好充分準備的基礎上，《吉林全書》編纂文化傳承工程於二〇二四年五月正式啓動。

爲高質量完成編纂工作，編委會對吉林古籍文獻進行了空前的彙集，廣泛聯絡國内衆多館藏單位，尋訪民間收藏人士，重點以吉林省方志館、東北師範大學圖書館、長春師範大學圖書館、吉林省社科院爲收集源頭開展了全面的挖掘、整理和集納；同時，還與國家圖書館、上海圖書館、南京圖書館、遼寧省圖書館、吉林省圖書館、吉林市圖書館等館藏單位及各地藏書家進行對接洽談，獲取了充分而精准的文獻信息。同時，專家學者們也通過各界友人廣徵稀見，在法國國家圖書館、日本國立國會圖書館、韓國國立中央圖書館等海外館藏機構搜集到諸多珍貴文獻。在此基礎上，我們以審慎的態度對收集的書目進行甄别、分類、整理和研究，形成了擬收録的典藏文獻名録，分爲著述編、史料編、雜集編和特編四個類别。此次編纂工程不同於以往之處，在於充分考慮吉林的地理位置和歷史變遷，將散落海内外的日文、朝鮮文、俄文、英文等不同文字的相關文獻典籍一并集納收録，并以原文搭配譯文的形式收於特編之中。截至目前，我們已陸續對一批底本最善、價值較高的珍稀古籍進行影印出版，爲館藏單位、科研機構、高校院所以及歷史文化研究者、愛好者提供參考和借鑒。

『周雖舊邦，其命維新』，文獻典籍最重要的價值在於活化利用。編纂《吉林全書》并不意味着把古籍束之高閣，而是要在『整理古籍、複印古書』的基礎上，加强對歷史文化發展脉絡的前後貫通、左右印證，更好地服務於對吉林歷史文化的深入挖掘研究。爲此，我們同步啓動實施了『吉林文脉傳承工程』，旨在通過『研究古籍、出版新書』，讓相關學術研究成果以新編新創的形式著述出版，借助歷史智慧和文化滋養，通過創造性轉化、創新性發展，探尋當前和未來的發展之路，以守正創新的正氣和鋭氣，賡續歷史文脉、譜寫當代華章。

做好《吉林全書》編纂文化傳承工程是一項『汲古潤今，澤惠後世』的文化事業，責任重大、使命光榮。我們將秉持敬畏歷史、敬畏文化之心，以精益求精、止於至善的工作信念，上下求索、耕耘不輟，爲實現文化種子『藏之名山，傳之後世』的美好願景作出貢獻。

《吉林全書》編纂委員會

二〇二四年十二月

# 凡例

一、《吉林全書》（以下簡稱《全書》）旨在全面系統收集整理和保護利用吉林歷史文獻典籍，傳播弘揚吉林歷史文化，推動中華優秀傳統文化傳承發展。

二、《全書》收録文獻地域範圍，首先依據吉林省當前行政區劃，然後上溯至清代吉林將軍、寧古塔將軍所轄區域内的各類文獻。

三、《全書》收録文獻的時間範圍，分爲三個歷史時段，即一九一一年以前，一九一二至一九四九年，一九四九年以後。每個歷史時段的收録原則不同，即一九一一年以前的重要歷史文獻，收集要『全』；一九一二至一九四九年間的重要典籍文獻，收集要『精』；一九四九年以後的著述豐富多彩，收集要『精益求精』。

四、《全書》所收文獻以『吉林』爲核心，着重收録歷代吉林籍作者的代表性著述，流寓吉林的學人著述，以及其他以吉林爲研究對象的專門著述。

五、《全書》立足於已有文獻典籍的梳理、研究，不新編、新著、新創。出版方式是重印、重刻。

六、《全書》按收録文獻内容，分爲著述編、史料編、雜集編和特編四類。

著述編收録吉林籍官員、學者、文人的代表性著作，亦包括非吉林籍人士流寓吉林期間創作的著作。作品主要爲個人文集，如詩集、文集、詞集、書畫集等。

史料編以歷史時間爲軸，收録一九四九年以前的歷史檔案、史料、著述，包含吉林的考古、歷史、地理資料等；收録吉林歷代方志，包括省志、府縣志、專志、鄉村村約、碑銘格言、家訓家譜等。

雜集編收録關於吉林的政治、經濟、文化、教育、社會生活、人物典故、風物人情的著述。特編收録就吉林特定選題而研究編著的特殊體例形式的著述。重點研究認定『滿鐵』文史研究資料和東北亞各民族不同語言文字的典籍等。關於特殊歷史時期，比如，東北淪陷時期日本人以日文編寫的『滿鐵』資料作爲專題進行研究，以書目形式留存，或進行數字化處理。開展對滿文、蒙古文，高句麗史、渤海史、遼金史的研究，對國外研究東北地區史和高句麗史、渤海史、遼金史的研究成果，先作爲資料留存。

七、《全書》出版形式以影印爲主，影印古籍的字體版式與文獻底本基本保持一致。

八、《全書》整體設計以正十六開開本爲主，對於部分特殊内容，如，考古資料等書籍采用一比一的比例還原呈現。

九、《全書》影印文獻每種均撰寫提要或出版説明，介紹作者生平、文獻内容、版本源流、文獻價值等情况。影印底本原有批校、題跋、印鑒等，均予保留。底本有漫漶不清或缺頁者，酌情予以配補。

十、《全書》所收文獻根據篇幅編排分册，篇幅適中者單獨成册，篇幅較大者分爲序號相連的若干册，篇幅較小者按類型相近或著作歸屬原則數種合編一册。數種文獻合編一册以及一種文獻分成若干册的，頁碼均單排。若一本書中收録兩種及以上的文獻，將設置目録。各册按所在各編下屬細類及全書編目順序編排序號，全書總序號則根據出版時間的先後順序排列。

# 秋笳集

# 歸來草堂尺牘

［清］吴兆騫 著

# 提要

吴兆騫（一六三一至一六八四），字漢槎，號季子。吴江（今屬江蘇）人。清初詩人。順治十四年（一六五七）舉人，以科場案流放寧古塔（今黑龍江寧安）二十餘年。經友人活動，又以獻《長白山賦》爲康熙帝賞識，被允許納資贖歸。吴梅村（吴偉業，號梅村）將其與宜興陳維崧、華亭彭師度譽爲『江左三鳳凰』。擅長用悲凉雄麗的辭藻表現國破家亡的哀思，被稱爲『邊塞詩人』。本書收録著述兩種：

一、《秋笳集》，詩賦集，取『胡笳十八拍』意名集。多寫關外景色和懷鄉之情，指斥沙俄侵略暴行，歌頌抗俄鬥争，愛國思想，溢于言表。《秋笳集》共八卷。卷前有作者寫的《奉健庵書》，自述詩作背景。此集徐乾學於康熙間初刻前四卷，雍正間其子增輯謫戍及少年時之作爲後四卷行世。有康雍間原刻本、『粤雅堂叢書』本、清宣統三年(一九一一)『風雨樓叢書』本。

二、《歸來草堂尺牘》，又名《歸來草堂録》，不分卷，傳抄本，録作者繫獄及流放寧古塔時所寄家書十五篇、與友人書二十篇（顧廷龍跋廿一篇），附詩七首，自被逮至歸里，首尾畢具，可補《秋笳集》所未詳。長洲章氏四當齋舊藏此稿，《續修四庫提要》著録。又有《合衆圖書館叢書》本，題《歸來草堂尺牘》一卷。

爲盡可能保存古籍底本原貌，本書做影印出版，因此，書中個别特定歷史背景下的作者觀點及表述内容，不代表編者的學術觀點和編纂原則。

# 目録

# 秋笳集

# 秋笳集小引

弟兆宜顯令撰

蓋聞山禽鎩羽怨四子之分飛庭樹敷榮歎三荆之同本是以屏依叅佐愛比機雲家藏賜書學同彪固茱萸兩地寄摩詰之幽憂春草一塘勞惠連之夢寐余兄漢槎以惠子五車陳王七步琉璃雕管題成芍藥之工翡翠筆床篇擅芙蓉之譽何來謠諑遽悼漂離馬伏波之薏苡溪水墮鳶移中監之氊毛塞天齧雪迢遥紫土水咽松花瀰迤黄雲關寒榆葉托嘶馬以長征望孤鴻而永慟穹廬靜夜遥聽邊笳刁斗淩風時聞塢笛蒲萄藏貴相之谷豈易消憂琵琶調馬上之絃徒然增慼此執珪所以越吟而軍府爲之南

操者也況夫鶴鄜萬里萱背無依雞塞頻年棣華空茂帛書雁足向南望而程遙尺素魚鱗思北馳而路渺夏連積雪之嶺疇念衣單秋轉飛蓬之根獨憐裘草遂使垂虹烟栁限若羊腸笠澤鶯花杳如馬角鐵衣遠戍蕭條銀磧之聲牙帳從軍憔悴金微之客嗟乎生存華屋子建以之哀吟貧賤親離顏遠因而悲咽陶彭澤有停雲之作孫子荊有零雨之篇緬彼安居尚多感慨矧伊遠謫能不凄其由是搆兹危苦抒彼勞歌命曰秋笳彙成一集陳子公之關河城邑並入縹囊郭景純之山海圖經咸盈赤軸聊述窮鳥之賦用當塞客之吟健庵先生標俊及之鴻名推藝林

之淵府三虎聯鑣登鰲頭而縹緲九飛齊奮搏鵬翼以逍遙身既托于重霄情彌深于舊雨慷慨綈袍之戀清俸時捐徘徊岐路之隅芳訊屢及讀定遠玉關之札側望沾襟接都尉塞外之詩悲涼賈涕迺謀剞劂以壽棗梨將令開府思鄉人頌江南之賦若使孝儀歸國家貽使北之書余慙居第五之名兼切在三之義春風秋月溯景淑而羣離暑雨祁寒驚節序而滋慼時披華製以代萱蘇敢藉短翰而仰斧藻自此蔡女清笳之拍樂府俱傳晏子脫驂之恩故人共感云爾

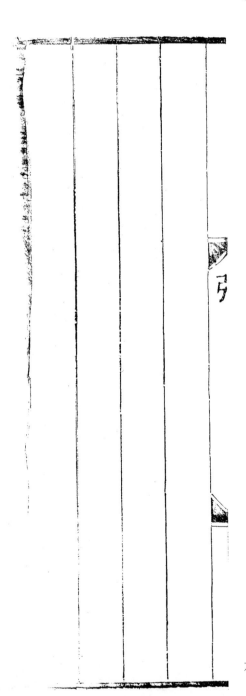

兆騫頓首頓首奉書健菴大兄先生足下六月二日驛騎至會寧伏承書問又以僕衣食之憂輟俸相餉爲德甚厚至欲索僕生平誤著付諸剞劂無使泯沒嗟乎此豈僕素望所及哉僕少時謬不自料與海內諸賢馳鶩聲譽維時足下兄弟爲先登而僕竊附其後選集鋟行類嘗採入今則顛連無告不祥姓名爲人唾弃何敢復出其技以爭鳴當世耶遭難以來十有八年曩時親友罕以書見及惟足下兄弟及葑溪少宰惓念舊故撫慰周恤於義爲已過矣又何可以窮愁之辭重累左右故三年前足下以書及之而僕逡巡未敢應者以此也今足下終不鄙棄復見徵取

乃識大君子之用心而僕之妄自疑度適爲固陋矣然足下無乃睹僕往日而不知僕枯病之餘豈復有葩華哉古今文章之事或曰窮而後工僕謂不然古人之文自工非以窮也彼所謂窮特假借爲辭如孟襄陽之不遇杜少陵之播遷已爾又其甚者如子厚柳州子瞻儋耳已爾至若蔡中郎髡鉗朔塞李供奉長流夜郎此又古文人困阨之尤者然以僕睎之何如哉九州之外而欲引九州之内之人以自比附愈疏濶矣同在覆載之中而邈焉如隔夜泉未知古人處此當復云何以此知文莫工于古人而窮莫甚于僕惟其工故不窮而能言窮惟其窮故當工而不能

工也萬里氷天極目慘沮無輿圖記載以發其懷無花鳥亭榭以寄其興宜以幽憂悒鬱無可告語退托筆墨以自陳寫然遷謫日久失其天性雖積有篇什亦已潦倒潰亂不知其所云矣詩曰已焉哉天實爲之謂之何哉夫知其當已而不能自已於吟者此僕比日之心也古之論文章者不以其人之貴賤榮辱今則不然昔盧次楩與王李七子同時其才固相軒翥不幸下獄其所撰蠛蠓集微元美諸公幾不著因歎古今文人觸扞網羅不遇知已卒以無傳者可勝道哉今海內理平文治日盛足下兄弟得位行道天下文章翕然歸于三徐言論所及藝林以爲宗今不

鄙僕欲序而梓其所作使天下知刼灰寒灺猶有爝光則僕雖終淪廢豈有恨哉少作故有刻稿患難後度已散失請室諸咏稍有存者今所錄詩賦若干篇皆已亥出塞後作昨歲捕哈喇之亂倉卒中遺亡百餘篇睽離日久無所取正恐日就舛陋不復自知望加删定以質當世幸甚幸甚兆騫再拜

余弟漢槎自塞外貽書徐健菴以所著秋笳集奉寄今健菴亟謀刋劂不負故交萬里之托余爲愴然感泣賦此志謝

吳兆寬弘人

嗟爾磊落倜儻之奇才矯首南國雲烟開青春翻飛摧羽翮玉樹葳蕤委草萊可憐九死身名在風流文采使人哀自昔一去遼城北生入玉門無消息華蕚離居廿載餘雲海茫茫隔顔色我欲從之渡桒乾氷雪嵯峨關塞黑憶爾魂夢頻往來容華憔悴恐不識長風秋盡雁鴻飛帛書繫足向南歸吹墮庭前開尺素含情緘怨淚沾衣一札殷勤貽舊雨（謂健菴）感恩道

故此中寓鄭重新詩數十篇展卷如向邊沙語歷徧山川名狀難開鑿鴻濛漸如故雪窖氷天未足奇山經水注那曾數車書萬里度遐陲獨限流人滯一枝山鬼窈窕陰崖窟魚龍嘯舞青海湄屈原澤畔行吟苦阮籍窮途秖自悲黄沙白草供詞賦並入君親朋友思地非蒼梧麓斑竹啼痕若可捫身非蜀道行月峽哀猶若爲聽壯歲沈淪頭漸白空將詩卷傳荒磧不遇知音識者稀虛名千載誰相惜世路悠悠幾歲寒交態浮雲感今昔東海先生金石心鳳池結念無衣客追憶平生涕泗流撫恤患難心手畫對此往復思纏綿浩歌把酒欲問天青蓮放逸夜郎日學上文

章海外年奇文異響公天下勿教蒼頡泣無傳吁嗟
才士遇與不遇安足論立言要使垂久遠莫嘆虞翻
骨相屯得一知巳可不恨

言

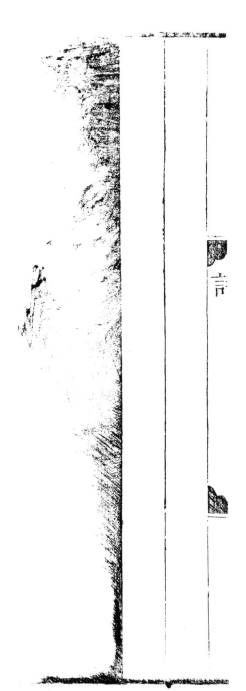

# 秋笳集卷一

吳江吳兆騫漢槎著

賦

秋笳集卷一目録

# 秋笳集卷一

## 春賦 少作

吳江吳兆騫漢槎氏著

伊寒律之代謝，啓春序之繁昌。望山川之淑景，舒亭皐之豔陽。隄灩灩而烟渺，野萋萋而碧芳。絲繞枝以被麗，風轉蕙而承光。桐華綺岫，蘭葉銀塘。貽粉蝶于珍卉，隱綿羽于高楊。惜景光之易邁，念憂樂之無方。撫九春而永望，憶千里而增傷。故雖風物同候，而歡愁殊變。至若長樂深宮，昭陽別殿，節徙百華，晝餘六線。晶屏開鵁鶄之樓，珠綴下鴛鴦之幔。樹綺合而霏微，草星離而蔥蒨。花明太液，玄鳦初飛；柳暗宜春，流鶯乍囀于是咸陽卷衣之女扶風辭輦之姬沉淪永巷徘徊履綦怨銅龍之屈曉勞銀箭之更移啓金鋪而凝睇涉珍臺而蕩思柘館空兮青苔積蘭林寂兮碧草滋望翠華而不見聽鳳管而長悲去復去兮春已暮怨復怨兮君不知若乃貴主芳園徹侯甲第西京青瑣之家南陽綠綈之地循碧檻而邅迴俯金堤而容裔引鮮飈于綺疏下玄陰于玫砌爾乃徵霧縠命雲翹試羅衣而登茵閣張黼帷而照蘭皐游鑣乍倚箏柱新調駐流雲于歌扇矜結風于舞腰拮景物之駘蕩瞻池館之迢遙翠袖揚兮絲竹合朱顏酡兮羅綺嬌至如承恩小侯期門公子更衣雕輦之傍斷

袖金屏之裏亦復怡情暇日遊目芳時出蘭池而走馬入槐里而鬭雞結茱萸之麗帶被蒲桃之賜衣溫皐草淺小苑烟霏迻珠九于文羽炤綠幘于春枝遙指宜年斜經鄠杜開金埒而塵空響玉珂而烟驚陳王飾瑪瑙之鞭衛尉碎珊瑚之樹望芳郊之遠春届狹斜而欲暮若乃女桑初展條風始熏煩陰曜景細葉垂芬則有燕關蕩婦代郡佳人學歌北里習舞西秦畫修蛾而黛淺梳墮馬而鬟新念八蠶之已熟知三眠之欲分爰靚粧而命侶漫提筐而嘯羣瓊鈎宛轉珠繩攓弱條冉冉兮遠揚葉飛飛兮稍落袖淺摘而香霏腕頻移而羅薄值使君之迴鑣逢參軍之行

藥請交佩兮目成贈搔頭兮心諾復如妾居洛水君戍賓顏瑣窗獨掩迷迭空然罷流黃之夜織晦錦蹁之晨妍草積墀而汎綠花臨砌而含烟玉關無極金河帶天貽待女兮何處佩宜男兮幾年自征夫之戍久泣空床之獨守游塵晝飛苔錢春厚章臺之釧空存隴西之鏡未有悲橫笛于郭超寄異香于韓壽對深閨之落梅憶關山之折柳又若河陽愛妾安豐字卿琲珠寵去貝錦讒成徒悲蕙晩空怨蒲生掩羅茵而麝歇撫玉軫而鸞驚攬芍藥而生悲采蘼蕪而沾臆屏宛轉兮晝長帳萎蕤兮春寂愁縈玉燕悵望青驪雕把爲兮誰御溝水流兮不歸君聽下山之曲妾

依織素之機復有迯客東門傷離南浦緹帳宵懸金羈曉聚度楚曲而增哀對秦箏而獨撫依々春草浼々春流覆露桃于玉道低烟柳于銅溝蕙路長兮紫艾馬蘭江渺兮青翰舟去故鄉而遠逝指往路而離憂容與征軒逶遲去幰掩玉筯兮賔御驚贈金鞭兮行塵晛草懷蕚而情長山遂枯而客遠知移柳之何年信采蘭之不返亦有飄摇海澨流戍江潯虞仲翔則交州遠竄趙景眞則代郡長沈莫不對落花而横涕聞歸雁而摧心已矣哉胡春物之暄妍信芳年之娟好嗟余志之靡常獨逢春而心悄攀柳枝而涕滋指棠梨而怨曉潘中郎之徘徊明鏡徒驚歲華魏司

徒之遊獄春山空悲年少佩楚客之叢蘭問仙人之別島探五嶽而長辭汎九烟而終老乃爲歌曰江南芳芷兮色以陳紅顏一去兮沾羅巾歲歲春風南陌上惟有垂楊踠地新

## 秋雪賦

吳生既竄旅于龍山之下慼兮無悰悄兮多暇抱孤迹于寒郊眷羈心于秋野于是青要已届素商未闌熊坏西蟄雁厲南翰玄氷溓而夜結玉露皓而朝溥爾乃眇懽緒愴憂端倚拂廬以淒目對服匿而流歎憶江皋之餘煖怨邉候之早寒俄而九關欲黯千里無色魚雲斷山雁沙鳴磧天濆漭以將低日晻曖而

如沒晉埃靄于遥空積風威于廣隰霞皆屑而稍飛雪翻飈而遥集匝窮陰之窈鬱起嚴氣之氛氳乍連山以轉霧忽縈峦以憑雲始娟娟以搆露遂離沓而横氛混玉門兮並色覆金河兮莫分于是遥峰尖紫衰林掩黛日冷金支雲收羅帶殺蟲響于陰崕凍波文于玄瀨薄凉駕兮增寒八迅商兮振籟凄兮瑟二奕兮霏二入帳凝華悞鶴關之曙啓停林結蕋疑鸞朔之春歸綿烟蹔以含縞合雲海而通暉逃征馬之野牧慘寒鵰之夕飛悲青桂之爽節歌黃竹之哀辭既乃燭龍將瞑城烏漸息山返樵歌林歸獵客霾依夕而彌嚴雰横天而轉急壓圡銼兮沈烟灑璮墻兮

緣隙飛六出而未成翻三襲而爭積助紅樹之秋聲韜絳河之夜色望巳斷兮還連謂將開兮忽及未晛柱而玉殘似卷綃而珠泣冐蓮衣兮墜紅點蘆花兮偕白磧何遠而非銀臺何高而無璧蕭條兮墐戶爛熳兮凝階金笳寒而葉脆鐵衣照而鱗開逐邊風兮響蕭瑟鑿漢月兮光徘徊葉亂聲而競下雁孤影而遙來眇平原之曠莽惟積雪之崔嵬若乃氛昏半收夜景遥廓風斂天霄雲澄海堧月抱暈以東垂河含星而西落荒雞喔兮伺晨霜禽嘹兮警漠凜淒靄之凝嚴鏡澄暉之昭灼山千叠兮少人民野萬里兮無城郭氣憭慄兮侵衣色晃朗兮盈幙樽琉璃而不懼

攬褐衾而怨薄笛吐哀以獨吹淚承睫以雙落鄉夢遠兮空歸邊心憤兮交作候已昧于秋冬心何分于苦樂撫秋朔之如斯知天施之未博彼夫南國王孫之墅西京戚里之家梧承檐以稍下菊羅砌而初華幕曾軒以楚組代纖綌以吳紗愛秋飇之送爽憐秋夜之方賒綺羅紛兮樂未已簫鼓喧兮月欲斜豈知江接烏龍城遥玄菟飛雪嵯峨曾冰迴沍遷客之辛勤塞垣之寒苦哉悲來如何摧心自多援笳攬調爲秋雪之歌歌曰邊風起兮朔雪飛雁違寒兮度欲稀關山遠兮誰與歸心懷鄉兮空自知龍沙雪色秋如此腸斷高樓舊寄衣

## 羈鶴賦

伊胎禽之皓麗超羽族而擅祥養南琛于火次毓西氣于金商性玉清而内蘊儀瓊潔而外颺氄羽宣嶽接翼歸昌瞭玄睛而燭月皎素翰而凝霜吐火齊于驤首綷氷縠于修裳頳丹華而葩映翮髿采而娟揚矯二高騫軒二遐鶩秣芝田而弄姿飲溶溪而顧步激嘵唳于霜辰婉秋心於烟路指霄堮其何央登人寰之足慕連軒兮紫蓋翩擾兮青田朝容與兮瑤岑下夕棲跱兮珠樹邊還丹作帳中之使挾彈騄樓上之仙響横秋而益厲貌凌寒而愈妍整揚翮兮萬里乍舒息兮千年鄙白鷴之陋姿嗤黄雀之弱翼謂九

皋兮迴歸詎一目兮我逼仰雲嶠而猶飛恣風翮而未息豈知范機客驌虞羅潛織頓樂野之高罝理桓生之輕弋鎩儁翮于中霄委微軀于下澤碎霜衣之褵褷摧藻質之淋滲魂侘傺兮誰語吭纖殺兮空吟屈此雲裔之侶爲君堦下之禽爾乃歛遥情縅夸節去寥廓就樊絏燕雀長偕鸞皇永別餐雁稗而未克共雞棲而任爨悵故巢之星乖悼孤雛之雨絕對凄影而增悲迻哀音而沾血華表集兮何期琴絃響兮凄咽彳亍荒途摧藏幽埡頻驚遥夜之寒空怨今年之雪于是冬灰欲徙秋箭將窮露凋華薄風勁寒櫻幕翮翮而辭燕渚沈沈而集鴻視空塘之謝綠聯迴

林之罷紅翹纖趾而清呌迅修毛而欲翀抱新愁于
池畔聽舊侶于雲中情眷〻而懷歸邑悽〻而獨苦
既傷肌于網羅空托身于庭廡憶妙舞之吳城思仙
吹之洛浦絅斬蒻兮無由惟羈棲兮遘侮寵未遇于
乘軒殃何罹于碎鼓感淒氣兮長懷結悲風兮自溯
霜肅〻兮夜庭葦梢〻兮寒渚形矅雪兮誰憐志凌
雲兮何補彼東門海鳥對鐘鼓而含辛北風代馬亦
戀土而傷神矧茲鶴之清迴乃摧落于荒榛恐歲年
之遒盡怨雲霞之莫因眷天邊之鳳族羨沙上之鷗
羣諒委軀于匪類亦奚志于高旻豈窮生之足樂胡
介性之能馴倘更豐其六翮當横絕于九垠

## 蘭賦

遐卉族于幽記惟斯蘭之獨靈蘊澄華之秀質含逈介之遐情徵服媚于燕夢擅奇芳于楚汀芬入山郎之握種傳待女之名詎競時而逞艷每屏幽而自馨爾其緗蕤懸羅素苞切玉舒碧葉之修靡擢青跗之纖縟蔕含縹以氷鮮花點頳而星燭紛書帶之頻銜森瓊枝之上矗乍垂的以擢丹不結房而吐綠羅生修坂叢被曾谷鮮雲結陰微颸迭燠旣芊蔚于溫皐亦葳蕤于丹麓並威喜之仙芝邁曾城之靈木斐披媚景澹淡含烟託山楹而延藻蔭澗戶而垂鮮溥露華而色淺承日影而香傳譬羣翡之棲岫似明霞之

躍川淩衆穢而未沫操孤芳而自妍于是璇閨麗人金屏媚子蟬鬢方梳鳳翚罷理煩炎景之赫曦愛芳花之旖旎爾乃培以玄壤承以玉缸柔柯不擾修葉成行布綺錢而增媚列錦石以疏芳茗粥沃而膏潤油檀蘸而恐傷去巖幽之岑寂來寓目于君堂樓陰散暑池彩迴凉曖香風于珠幔嫣幽質于瑶房及夫日下窗梧風低軒椰倦理羅紈未淹杯酒下曲閣而蕩思步修欄而垂手愛青青之入佩憐菲菲之襲衣屢縈環于纖指長延玩于遙帷香來輕重影度參差舉羅袖而淺摘綴羽釵而半垂付雲崖之微種得移根于玉池雖荷君之擘採恐零落之無時愧未植于

當門亦何勞于翦伐傷勝子之文魚就摧芳之鳴鴂律中商而欲淒霜賁寒而增洌條摧曉霰色瘁秋風將隨蕭艾孰辨芳叢嗟國香之委絕竟莫異于孤蓬雖委根于中路尚延憶于珠宮于是逃虛處士聞而嘆曰秋蘭榮何晚憔悴委嚴霜新翠已無色故畹尚餘芳早知青女能相負悔不長栽湘水旁

## 萍賦

步修渠兮俯澄波而游目覽蘋萍之微植兮亦寄身于水屬體汎〻而靡托兮色田〻而自鮮同石髮之鬖髿兮謝澤芝之靈躅爾其幽茂湍中澄羅水側漠兮鱗被菱兮雲織表沉淫兮翠鮮裹參差兮紫飾敷

細葉而無根吐纖滋而成實巧憑浪以縈盈輕從風而疎密小圓文于萊錢混微姿于蟬翼三輔善其色青五月傳其華白羌聚散而無心乃沈浮而有適瀰漫如拭點蕩還來染金塘之細草雜瓊岸之輕苔番纖綸而半捲泳修鱗而乍開或偃隈而斯滯或觸物而邅廻惟飄踪之若此亦何心之可猜若夫灌木紅泉幽篁玄澗餘霞始收光風未轉息細響于潺湲靜文漪于凌亂遂冐渚而烟稠爰藻川而雲蔓匝碧羽之叢叢點緗羅之片片及夫烟生極浦日黯長河屏翳增扇氷裔化梭雨憑憑而激水風騷騷而送波川無憩鱗林靡靜柯乃競糾于渤澥共紛擾于盤渦錦

殘碧荇雪亂青莎嗟質輕而易蕩委鯨濤而誰何復有白鵠翔羣紫鴛擾侶頳鬛紅衣翠緌繡羽下斷岸之春陰汎方塘之曉霧競戲廣而灑珠並浮深而浴素牽藻差池唼流顧慕圓吭啄兮碧分修領刷兮綠破至如秣陵秋瀨橫塘夜川綠菱始發紅蕖乍鮮遠紫房而爭布縈縹幹而駢田逢姣姬之倚檝值妖童之採蓮沾碎綠于皓腕亂浮青于綺船龍文動兮開且合羅衣拂兮斷復連至其措形空水之湄散跡荒江之表任漂寄其何之還雍容以自矯乏纖莖以自持歎孤生之易擾似逐臣之去國同遷客之辭家漫銜悲于故壤空騁目于浮沓萍托水而靡寧士違時

而失據嗟人物之異心胡悲歡之同遇睹斯草之所如徒慷慨于予慕彼夫菉美崑丘血變淮南流長劍之耿耿美雲鬟之鬖鬖乃好奇之殊覯非幽人之所觀與汀葭而並瘁共池荷而詎憖雖未馨于君廟終呈潔于幽潭

## 長白山賦并序

長白山者葢東方之喬嶽也晉臣袁宏有言曰東方萬物之所始山嶽神靈之所宅我
國家肇基震域誕撫
乾圖　景歷萬年鴻規四表則茲山者所以昭
應

皇輿合祥
帝室與有巢之石樓少典之軒臺同焜燿于方載者
也
皇上聖文臨宁神武膺符慶洽人祗化隆海嶽仰
欽
祖德報禮神丘爰
詔侍臣致祭禋秩牲璧儷於羣望懷柔及於百
神瑞檢雲陳穹壇星麗煌〻乎
聖世之盛儀埒虞柴而軼漢祀矣夫南山薦馨班固
以小臣作頌西嶽展禮杜甫以布衣獻賦草莽
微臣竊附斯義乃作賦曰

猗兹山之峻極眇羣嶽而獨尊體青瑚以出震標皓
靈而燭坤揭龍荒而作鎮頫鵬溟以爲門參二儀兮
永峙表三成兮莫倫徒觀其大勢也則巀嶭朁崟穹
窿𡾊㟪峡窈𨗨嶙峋壇漫莽罠迴漠漠以横被崛嶢嶢
而極上岠遼碣暇朔壖輢挹婁睨朝鮮亘喬基于千
里造曾椒于九天赫兮無儔峭兮廻拔嶺輪糾以爭
互巖巋巇而相峴峰千仞兮縞曜壁萬尋兮瓊潔鬱
騁險兮横霿訬頁高兮埽霓五結切泂東極之神隩詎
西崐之可埒爾乃循覽四麓攷其周綴爰有黑松巨
林跃蔓黝邃豜天有極縈地靡際既陁坂而連延亦
籠山而摧嶉根欐俛以鱗羅葉繞獄而羽翳挐莖含

颷以鬱蓊攢柯罥霧而叢倚靄兮沉沉霸兮黕黕欻
陰火于空心麗陽波于槎櫱叶羊至切乍頓道而歆臥忽
摧𥦗而側植叶直吏切信亥步之未跡知禹築之莫暨自山
麓至半山皆黑松林亘三百餘里不見日月樹根相糾如網地皆深淖馬行七日乃出于是黛
凝複嶂烟暝虛嵐森梢㕢互塥𡼏嶄嵒景晻曀兮罕
曜途瀅瀲兮增湍帀層陰于遙巘髩荒徑于修巒杳
慌罔兮晝含暮儵寥窱兮夏凝寒其中乃有黑鶥青
鶬蒼鷹素鶻皎鴟碧鸐迅鷭俊鴘風騰猛腦霜披勁
翮呀吭軥輖奮翰獝㺃或命儔于杪顛或接巢于枝
格瞵金眸兮高睇厲青骹兮下擊緇釆頳輝殊材異
質喧聒相驚㵖躍自鶩鼓鬋距以增響氄羽毛而成

積極翔群之詭錯咸沸卉而斯集若夫鼪鼯之儔昆駼之屬伏虤長嘯豪豨振于麕麚昏彭於積岨熊彪睒瞲于叢木豺貘斷斷以猛噬豜豵驚透而紛逐般首勁角圜題從目昏嗥晨呴風馳雷蹴慄林振壑殷巖駴谷至乃青鼲黃鼬華貂文豽挺修毫之溫潤含雕采之煒烈豆目睗睒麥髯狎獵棲迹曾冰胥蹤盛雪窟木末而騰趠穴巖窺而競捷羌托體于寒陬疇効珍於華闕伊奇類之夥夠嗟難得而殫說爾乃林徑欲窮迒蹊半墳轉千盤而漸高出九折而逾礙紆蹇産竦嶒峴谿修渚響湍瀨縈濯龍之滄淵欲納鴛之雙派（水名濯龍沽大小綳鶩二河）殷雷地底倒景天外駭河流

之淩薄劃巖坰而訇磕棧巒盤于迴溪路嶓巖于巉岏灂凝空兮誰涉崖踐虛兮儼對于是谽閕直裂嵽嵲如憑抗術阡于鳥際超軌躅于雲層邈半漢以上躋軼隆巔而究升周步山極肆月巖陘曠若砥原坦若廣庭纖條不竦殊榛罕莖寒蕪莽莽石道寘寘何曾崚外峙而唐壇內平山頂極平坦無樹木惟荒烟蔓草滿目縱橫而已爾乃羣巒結瑤以峻起千巖削玉以攢立顙砥含皓以巻垣陘嶮繚素而叢襲造五色以相煥綿百里而環羃類瑤臺之偃蹇宛瓊山之崩岃石崖高七十丈白如瓊玉四環山頂廣袤八十餘里仰重霄兮可捫俯下方兮無極互陰晴于膚寸攬星辰于盈尺伏岑嶅而返眺訝雷雨之下黑爰

有千齡之冰太始之雪嵌空峪窨并凌摩岊六尺皚皚袤丈嶫嶫迎素秋而競飛涉朱炎而自冽嶰谿森淒以月鑒峽嶠烱晃而鏡徹乍消長于新故疇單究其融結紛衔耀兮遠映何吹律兮可熱從山趾至顛高二百里其上冰雪叢積歷夏不消爾其混同之本鴨綠之源舒為神池以宅乎其間池在山之極頂形如豕腎縱餘五里橫八里北流至松花兀喇入烏龍為混同江南流至朝鮮為鴨綠江一統志云池廣八十里者謬也曾瀾廣潒靈液淪漣振以曲碕之巉崒繚以襄岸之駢田含靚如拭積明若空乍風披以瀲灩倏霞蒸而潰湱鑿翠啓鱣淵之徑躡雲構鮫人之宮爾乃疏隘陿穴厥硿跳潜沫駛奔潨汨潰阿而滈瀑雪砯巖而澒溶徂南驟北遂浥聚潠

清靈源于千頃瀹神委于二江川姑紅切若其巇竇之所潛演穹廬之所澓激漼似稚投洞若機疾並騰傾而灑珠遂奔揚而綴璧羣流既渫四派乃馳瀺灂崇岑喧豗峻岐颯沓雨集澉洌烟霏挂流曾碧之表淪渡空翠之隈倒銀潢而半瀉矯皓蜺而迴飛四月冒池水及石罅湅泉先開其所出之水凡四派穿白石崖而下挂流百丈聲若驚雷于是澹汙安翔蟺四會漾〻混濤滮〻振瀨抑魚龍之餘怒集大堰而為滙潤兮汞指鼎兮徐邁出乎松花之陬注乎鳥龍之外四派之水至旋璺旋呀庫滙為一流以入于松花兀喇所以宣天綱之舍布壯朔野之襟帶若攷其瓌奇之所窟宅珍瑋之所景彰則夜珠流照于素波頳玉攄采于青岡人蕿

抗壁于椵陰良楛挺笴于松陽（人參生于椵樹之陰石崖外松林極日其間環生楛矢卽肅愼氏矢也）靈跂騄螭而容與羽人撫鶴而棲翔畢山經以撰異莫兹嶽之靈長（相傳其上有仙靈往來擅射麋鹿者卽雲霧迷徑）至其出納望巘懷吐雲霧苞陰陽以靈秘通元漠而神護小衆山於埜敦眇七表於指顧嶇嶔則千帀未殫縹碧則萬重紛聚頓挺拔之地軸俛嵯峩之天柱故能上當辰曜仰禠帝居抗基卓犖翔勢扶輿踞著門而表神宅並青岱而闢仙閭赫彤雲之晝聚焯紫氣之晨敷孕造夏之玉字識臨代之寶符啓潛躍於聖祖臻景鑠於

皇圖藏瑤牒兮可竢涌金精兮詎誣瑞我
清兮億載永作固兮不渝

竹賦并序　董子時作

閒遊別墅見有竹數竿臨池獨秀而托根荒徑延賞無人僕感幽質之飄搖憐貞姿之蕪沒乃設爲子桓季重之事以諷其詞曰

魏太子從容多暇言遊西園御華轂靡朱軒馳武賁于先路托文學于後轅爾乃遡惠風而揚葭承清雲而轉旆度薌薄之邅迴指蘭唐之如帶于時池臺綺合帷幙珠連珍卉被麗脩竹嬋娟繞亭皐而蔭景夾曾閣而垂鮮太子乃感湘流之怨歌撫楚潭之逸曲

顧賔御而長懷招季重而進牘季重于是跽而稱曰臣聞坤靈誕育庶族繁生見禀勞于幽記表質當于祕經結根水澨睎幹山岑抱偃蹇之姱節含萋蒨之幽心出炎洲而獨立臨江介而流音織桃枝之珍簟傳雲母之怪琛仙人掃陽嶼之石烟客擅羅山之金乍成船于百丈或如甕于十尋徒觀其黛色參差翠筠窈窕延華月而玲瓏翳流雲而夭矯散空碧于玄墀下浮青于綺沼猗旎無定嬋娟自持苞新潤粉籜細含滋積雪霏兮冬蒨繁景麗兮春遲若其抗莖公子之庭列植佳人之室上冷冷兮削成下離離兮如織于是未下葳蕤初舒屈戌瓊鉤卷兮臨花綺疏空

兮停日見纖鴿之森梢對縹枝之乍啓輕颸肅兮結玄陰暮雨封兮踈翠滴復如幽茂山椒宗生烟路俯碧淵之陰岑交蒼崖之紆互凉葉棲霜脩篁承露鎖岫靄于冬春嘯清猨于朝暮紫花落兮無人素筍抽兮誰護結海山之珠寶青鳥空來拂江南之石盤洞簫時悞若乃曲臺依夕景昃明羅白露警鶴素月驚烏寫薄霧于緗箸曳輕烟于緣柯爾乃影亂珠圓慪聲傳翠幌橫瓊砌而增凉拂金鋪而助響秋徑夕兮猗靡寒塘靜兮蕭朗至其蒼蒼延秀飄飄蕩姿泛微霜于曉葉聽歸風于夜林起騷人之獨感動山客之相思是以質謝暄妍氣分秋朔笑寸蘭之徒芳悲三秀

之易落迻短羽之羣棲望長離之永托雖移根于玉階終寄心于雲霄太子于是綢繆浩唱諷采妍辭披廣殿俯華池出絳樹之雙曲進翠羽之交巵命吳生于客讌長接席而不違

陶彭澤無絃琴賦 并序

山右吳公來涖茲土春流飲馬還投瀨上之錢曉閣觀魚早辨沙中之獄訟庭雀下官舍松清豈獨北地豪家毀茲棗樹遂使西川女子棄彼芙蓉況復從容多暇儒雅怡心吳季重之在元城無妨文墨潘黃門之居懷縣不廢詩歌追五柳之高風撫一彈之遺操爰進童子用賦斯篇

愧非園令之工敢薦正平之作其辭曰

伊有晉之徵士永埋炤乎柴桑緬長沙之遺烈追義熈而自傷歛鸞翮以卑棲逝鴻羽以高驤遡清風而獨遠鬱明霞而不揚顧素琴兮興感意飄飄而自昂爾琴之爲質也則龍門飛霰之枝馬嶺前霜之幹托瓊巘而孤生據丹岑而絕漢含繞梁之清哇藴號鐘之哀散爰有離子之徒王爾之儔循山獨採越壑相求剖陰莖以薦法剪陽柯以雕鎪采兹良質制爲雅琴以獻君子其聲愔愔豈知六朝逸侶五柳高人悼廣陵之永絕嘆田逮之不存棄八蠶而莫御屏獨繭之横陳于是滌水空傳流風徒結旣收逸響誰聽嚴

節輟繁響于飛龍斷游絃于明月逍遥空撫容與自怡五色神蛾不繰仙人之繭一雙春燕長辭愁女之絲荀季和之鳳凰空含玉軫李司隸之孔雀謾飾金徽信無聲而有意何至音之可悲若夫流鶯始飛條風乍起芳林結陰微波成綺爾乃巾白袷攜烏几命遠公于匡山嘯宗生于江沚拊茲琴兮娛心登操暢兮睦耳復如東皋晼晩北戶迎秋黃花夕秀白露晨流荆州唱野鷹之曲玉關寄旅雁之愁于是倚杖徘徊臨流顧步見離獸之東南睇歸雲之不度悲哀彈于霜林感遺操乎秋路抱空質而長歸收衆音于泰素豈如荆王曲裏珠柱淒凉趙后宫中玉螭隱互已

哉乃爲歌曰春風澹蕩春水深思君不見多悲心應

知陶令遺㪷在栗里風流自古今

秋笳集卷一　十七

# 秋笳集卷二

吳江吳兆騫漢槎著

## 詩一

黑兒渺河眺望
早春花先答
次了添河冰泮呈方樓岡
七夕次喇伐乃采詩
喇伐道中作
小烏稽　大烏稽
渡河山中夜行
過烏稽清曉
北風　雨雪
沙還曉望　海道野眺
聯吳群荐薇騎
征微　晚雁　趙宦旧址
沙邦道夜口閒鶴
對月　北渚望月
寧塔中見楊烏
寄懷陳子告
寧古大雪
可汗河曉望
曉坐
同陳雅及門人陳昭令遊北山

寄琢之

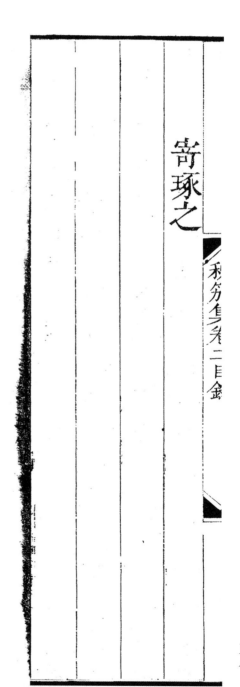

# 秋笳集卷二

吳江吳兆騫漢槎氏著

## 曉發撫寧題逆旅壁

長宵鼓角度嚴風泱漭烽樓曙色通客夢五更驚櫪馬征途三月逐歸鴻斷雲城堞臨邊迥殘雪關山暎海空莫道盧龍猶在眼異時南望是遼東

## 山海關

廻合千峰起塞垣漢家曾此限中原城臨遼海雄南部地枕燕山控北門寂莫雞鳴今鎖鑰淒凉龍戰昔乾坤高臺誰憶中山業遠目蒼蒼白草昏

## 關上留別潘守戎代方詹事作

塞天萬里迯征鞍意氣逢君欲別難俠客軍中傾灌孟故人門下識任安望鄉臺迴邊雲斷姜女祠空海氣寒明發驪駒分手後榆關風雪竟南看

出關

邊樓回首削嶙峋篳篥喧喧驛騎塵敢望餘生還故國獨憐多難累衰親雲陰不散黃龍雪柳色初開紫塞春姜女石前頻駐馬傍關猶是漢家人關前有姜女望夫石

榆關老翁行

榆關酒樓臨大衢征人日暮行駐車鹿裘老翁鬢成雪夾轂相逢問里閈乍聞吳語三太息坐我樓頭話疇昔自云家世本吳中住近張王舊宮側少年追逐

冶遊場破產徵歌意無惜沙家槍稍冠江南學得梨花推第一技成好作關河遊販繒幾度來邊州燕姬十五芙蓉色彈箏夜夜酣高樓一曲紅綃醉中擲囊空典卻千金裘三載邊庭履霜露瓢搖裋褐誰相顧途窮不忍到鄉關卻向軍中應征募金羈翠毦繡蝥弧名隸渡遼第三部關前上將霍將軍遣向松山守烽候孤城接鬬無時休鐵甲中宵帶氷卧老邊牆直長城隈梯衝百道如山來寧前列屯晝城閉旌旗黯慘紛黃埃雄邊健兒十三萬鼓聲欲死弓難開磧西降丁最翹健日暮分營夜催戰吁嗟萬騎無人回射盡平州鐵絲箭曙光曈曈海生綠戰血無聲注空谷

嚴霜如刀箭如蝟欲上戎鞍淚交續堅城既墮將軍降幾部殘兵向南哭相隨散卒臨渝城橫刀更隸龍驤營儵忽長安易朝市關門不用防秋兵從此飄零脫軍伍種豆鋤葵學農圃且將衰齒托雞豚幸免微軀飼豺虎昨年有客來燕京傳道江南亦被兵故國他鄉盡荊棘窮黎何處還聊生伊昔姑蘇城畔住門前小店臨江樹半生羇戍塞垣秋夢斷吳閶舊行處今日逢君遼水北被褐驅車欲安適白頭邊語久侏㒧重聽鄉音涕橫臆悽惶嶺外北風哀莽莽邊沙路何極沽酒邀君君莫辭天涯相見且相悲莫嫌憔悴窮邊叟猶是吳趨市上兒悽惶嶺在關外二里旁有妻女石

次前衛

落日莽茫茫巖城列雉長地形環漢塞山色接遼陽風勁沙偃響春餘草乍芳關門今不戰萬里盡耕桑

同諸公登中後所戍樓

若爲荒戍駐征軺縱目烽樓埜色遥萬里川原迷大漠百年亭堠識前朝平沙暮捲山頭樹落日晴翻海上潮倚堞却尋南首路漢關迢遞巳雲霄

錦州道中登海邊舊保障臺上有傳烽桔槹

塞門東盡海天開百戰猶存保障臺偃革十年閒斥候傳烽當日報蓬萊龍山燒色連沙起皮島濤聲蹴岸廻却望元戎開幕處斷垣零落使人哀

塔山道中望海二十韻

馮高臨渤海披遠瞰瀛壖浩浩雄東極茫茫控北邊
潮廻雲島失浪蹴雪山連空外應無地波中或有天
稍分玄菟郡莫辨白狼川洄洑連星坼盤渦倒日懸
[redacted]分萬里宇宙失千年樹隔扶桑近津回析木偏
翳空鵬展翮吹沫蜃飛涎縹緲黿梁客虛無鹿嶠仙
淚綃憐女織驅石想神鞭杳映陽霞紫昏明陰火玄
魚雲晴作市蚌月夜揚鮮萬象應難測孤蹤任所牽
萍漂何倚托梗斷孰延緣征客槎空度冤禽水漫填
欲沈徐衍石難泛管寧船鄉國思漁釣關山愧播遷
金支寧可睹玉珮竟誰捐心共滔滔水東流去眇然

廣寧道中作

巫閭千嶂側芙蓉走馬東來翠幾重殘碣久迷遼日月（遼旹東丹王居此）毀垣猶記漢提封射鵰舊俗爭馳獵買犢新田早事農共道廣輪今一統朔雲十載罷傳烽

登廣寧城望城外佛舍因同諸公卻過

徙倚城頭極望長雙林鐘磬遠微茫淒涼古塞還僧寺寂莫前朝只戰場金井有基春草綠石幢無字夕陽黃卻憐負羽邊庭客重過禪扉意倍傷

沙河道中

渡遼幕府已彫殘傍海山川尚鬱盤攻守十年誇保塞廢興一代問登壇營空鵞鸛青燐泣冢失麒麟白

草寒露祭獨憐遺老在秋風磧路哭戎鞍

次沙河呰

客程殊未已復此駐行裝世事憐今日人情怯異鄉月臨邊草白天入海雲黃莫恨關山遠來朝是樂浪

瀋陽旅舍賦示陳子長

西風城畔夜烏哀積雨荒庭黯不開匝地關山千里去極天遼海一身來文如劉峻終無命憤到嵇康始悔才舊業凋殘歸未得望鄉何處更登臺

贈赤公

憐君杖錫欲何依寂寂花宮一磬微欲使邊城傳白拂却敎漢法到緇衣燈然鹿苑諸天靜杯渡狼河雜

部歸知是隨緣無遠近不將遷謫擾清機蒙古人多稱弟子者

同陳子長坐氈帳中話吳門舊遊愴然作歌

遼城四月春風來黃鸝啼樹梨花開陳生邀我郭南去笑騎鞍馬雙徘徊沙場駢〻日將暮半醉歸來解鞍卧氈牆誰撥鵾雞絃彈作商聲淚交墮憶昨故鄉百不憂命儔嘯侶吳趨遊裁詩每題白團扇縱酒欲賭青羔裘沙棠之槳雲母舟美人玉袖搊箜篌金窓銀燭月未午清歌窈窕無時休就中少年三五輩徐郎顧子稱風流獨孤側帽傾士女正平搖筆凌王侯百年行樂竟誰在淒涼邊地傷離愁只今相對休悒快人生苦樂猶迴掌隴西將軍困醉尉邯鄲才人辱

厮養古來憔悴多名流吾輩何悲棄榛莽君纔弱冠我盛年可憐淪落俱氷天舊遊一别已如雨陰關萬里徒含烟寄哀欲托庾信賦賞音空憶鍾期絃金樽有酒且沈醉何須惆悵風塵前

同陳子長夜飲郎席作歌

豪氣君未除長嘯輕遠遊雖爲遼海客不識邊城愁青絲玉壺銀鑿落中宵坐我碧油幕海風吹天星動搖邊色横烟月澄廓倚笛頻驚出塞聲銜杯尚擬華年樂黄龍東望沙茫茫黑林樹色參天長此行應痛飲乖别他昔相憶徒慨慷愛君且復飲君酒庭樹搖搖挂珠斗夢去難攀鶴市花醉來聊折龍城柳眼中

萬事盡飄蓬爾我安能日攜手故園何處五湖濱難後逢君意轉親誰憐玄菟城頭月泣盡黃公壚畔人

將發瀋中過于長飲愴然有作

日暮離心共黯然相看涕泗酒杯前最憐去住逢今夕轉憶情親是昨年地入烏龍雲接海人過玄菟雪爲天與君萬里同羈戍無那孤蓬更極邊

撫順別孫赤厓劉逸民

邊程不可駐杯酒暫相親共此羈孤地還成去住身中宵遼海月萬里塞垣春明發單車別誰憐絕域人

發年馬留別瀋陽諸子

辭君更東去回首見重邊塞盡秦時地山開徼外天

長歎哀年夜遠謫痛丁年縱有高秋雁蒼茫信豈傳

## 贈海南曾生

憐君從役罷登臨鄉思猶傳越客吟皂帽塵生人未返青山霜落歲將陰玉關征戍悲蘆管珠浦音書怨藁砧我亦有家江水上十年同恨塞垣深

## 曉起

初寒山畔尚餘花早起江頭未落霞秋草郊原聞牧馬曉雲睥睨度吹笳書傳錦字三年淚路繞銀河萬里槎禱縱倣裘歸未得幾回彈鋏歎無家

## 城樓曉望

啞啞烏啼起戍樓竭來登望思堪愁山橫雁磧皆東

下江劃龍荒盡北流金甲日凝千帳曉畫旗風急六臺秋征夫絕塞蹤難定腸斷尊前玉腕騙

過朝雞屯

連宵宿年馬今日過朝雞風壤行逾變雲山望欲迷沙虛留虎跡樹暗聽烏啼回眺懸鞍處迢迢隔嶺西

夜宿陰溝關有懷子長

信宿陰關戍悠悠旅夜徂春聲過磧冷月色到邊孤離夢還高枕餘生且客途蒼茫睥睨外不忍聽啼烏

陰溝關

重山千仞叠晴空列柵當崖鎖鑰雄牙帳別開龍磧外岩疆更抱莵城東數家烟火黄雲暮一片牛羊白

草風去去敢傷荒徼遠遼陽今已是關中

高麗營 唐太宗東征舊蹟

文皇昔日征遼海此地高麗亦駐兵想像六軍頻血戰蒼茫異代尚殘營黃雲積斷行人少白骨原空蔓草平日暮江流風雨外滔滔東去不勝情

五日阻水年馬河

五日驅車度極邊中宵移帳阻長川波聞不斷千峯雨林上爭喧七澗泉鐵騎風沙行戍日錦帆絲管舊遊年汨羅猶是江南地始覺靈均未可憐

贈陳心簡 故溧陽相公子也

白袷翩翩馬上逢襟期憐爾尚雍容王章有子稱遷

客李爕無家托酒傭夢裏白門人萬里愁中玄塞嶂千重月高毳帳悲歌發醉攬邊笳對雪峯

四道嶺

懸流溪百折束嶺樹千盤不度重關外寧知此路難沙聲連雨急嵐氣逼雲寒日暮愁征旅前岡且駐鞍

黑兒泌河眺望

長河渺難涉歇馬暫躊躇地隔三韓外人看萬死餘沙陰低遠幕草色上征車亂逐前賢事飄蓬愧未如

早發尼失哈

繞帳笳聲促夜裝明星欲落霧蒼二征途咫尺迷孤嶂殘夢依稀認故鄉雪盡龍山三伏雨風嚴雁磧五

更霜據鞍却望黃沙外此地由來百戰場

次了深河水漲不得渡賦呈方樓岡

蒹葭一水霧初收欲濟蒼茫少客舟樹合雙崖迷塞路雨添千澗引河流蕭條甌脫秋先到嗚咽琵琶暮起愁總是播遷京國外不妨此地更淹留

七夕次喇伐朶洪

駐馬平蕪外徘徊旅思長河流秋淼二邊色夜荒二畫角千峯月羊裘七夕霜世途吾拙甚不敢望銀潢

喇伐道中作

平明吹角起征鴻又逐戎鞍遡朔風秋草關山人獨去寒衣鄉國信誰通龍沙迴出三邊外鳥道斜懸萬

嶺中千載主恩良不薄崔駰嵐處是遼東

小烏稽 即前史所稱黑松林也

連峯如黛逐人來一到頻驚暝色催壞道沙喧天外雨崩崖石走地中雷千年氷雪晴還濕萬木雲霾午未開明發前林更巉絶側身修坂倍生哀

大烏稽

朝辭石棧亂雲巔暮宿蒼林萬仞前灌木帶天餘百里崩榛匝地自千年棲氷貂鼠驚頻落蟄樹熊羆穩獨懸聞道隨刊神禹績崎嶇曾未到窮邊

交河山中夜行

晨征宵未巳側足此山阜秋過交河盛星當大磧高

邊程依草木旅食寄弓刀萬慮沙場裏驅車敢告勞

過烏孫法覽木石盡墨云雷火所燒

曉樹深欹磴秋峰峻入天尚遺燒刼火莫辨赭山年
霧積梯崖仄風驚棧石懸挽車縈九折歷盡轉悽然

北風

馬上北風哀黃雲慘不開寒摧龍磧斷聲捲鴈沙來
驛騎衣空寄嫖姚戰未回何人吹篳篥淚盡落鵰臺

雨雪

際海塞沙平連峯朔雪驚三秋龍磧度萬里雁山營
甲冷朝逾響笳寒夜不鳴兼裘猶恐薄愁殺寄衣情

迤邐晚望

寒原渺無極，十里帶蒼山。落日雙鵰外，秋風萬馬間。滄洲何暇泛，屬國幾時還。惆悵渝河水，悠悠隔漢關。

海邊獨眺

海色莽無際，馮高望泬寥。九霄迷積氣，萬象變靈潮。神蹟傳分鳥，仙期想射鮫。銀臺如可見，烟駕欲相邀。

贈吳稺恭散騎 故恭順侯勳衛

白頭吳叟何龍鍾，先朝曾直華清宮。十年喪亂無人識，萬里羇孤泣路窮。憶昨西京全盛日，予侯年少承殊澤。門下金鞍慣射生，樓中銀管頻留客。油戟香輪陌上驕，佩刀日護紫宸朝。從獵別分都尉馬，奉車特賜侍中貂。山河舉目須臾異，荆棘凄凉舊東第。仙人已歎海生塵侯家寧係山如礪幾度天涯怨負薪蕭條絕塞詎逢春夢裏宮雲雕輦路愁中邊草玉關人玉關回首傷懷抱短衣濁酒長潦倒雀滿門前翟氏悲年歸隴上蘇卿老日暮哀笳四野聞黃榆秋雪正紛紛鴻高欲縱鄉關目腸斷南歸雁幾羣

徑僻

徑僻人過少山空鳥度稀亂沙寒不起急雪暮頻飛獨對他鄉酒猶披昨歲衣故山揚子外漂泊未成歸

曉雁

泱漭汀洲曙征鴻帶月飛霜淒聲自切風急陣偏稀顧影愁輕繳翔空惜羽衣方塘春水漲與爾共言歸

趙宮舊姬

一從丹闕火，不復奉深宮。細馬經邊雪，修蛾怨朔風。
玉門何日返，翠輦舊時同。腸斷溫明殿，飄零白露中。

沙林道夜行聞鶴

空外皐禽度，沙邊倦客行。那知遙夜唳，偏恨獨遊情。
影落霜岑遠，聲傳月淑清。憐君霄漢侶，何事入遼城。

對月

暉暉明月迴，遙吐雪山岑。一片嬋娟影，千秋離別心。
寒生青桂落，光入絳河沉。惆悵沙場外，蒼然霜露深。

北渚望月

徘徊臨北渚，永夜月華寒。顧兎飛難定，金波瀉欲殘。

風微頻泛灔浪細不成團惆悵佳人遠含情只獨看

空城中見棲鳥感而成詠

落日空城裏無人鳥獨棲幸逃繒繳慕得任別枝啼
命子聲偏急梳翎影乍低微軀慚鳳族不敢向金閨

寄懷陳子長

氈帳風連曙長河雪過春一年頻臥疾萬里獨懷人
世事文章賤交情患難眞茫茫窮塞外愁記別離辰

寒食大雪

寒食邊庭雪嚴陰鬱未開遙憐戰場柳春色幾時來
客淚沾笳吹鄉心托酒杯鶯花何處好萬里夢吳臺

可汗河曉望

長河泱漭抱孤城河渚蒼〻牧馬鳴旌旆曉迷鴉嶺色風濤春走雁沙聲近邊亭障千年蹟出塞星霜萬里情羈戍自關軍國計敢將筋力怨長征

曉坐

衕戶寂無侶淒〻露尚垂樓空秋氣早林密曉光遲蕪沒人三徑蕭條海一涯此鄉弓馬地抱簡日低眉

同德惟及門人陳昭令遊北山

積黛紛岩岫招尋與未窮溪聲連暮急林色帶烟空書隔邊烽外秋生旅望中自憐淹謫戍俛仰愧墻東

卞生過飲吳門人

相見添新鬢相悲話故鄉那堪逢晏歲俱是客殊方

挏酒荒臺月征衣大漠霜風波滿眼淚對爾益增傷

夜行

驚沙莽莽颭風颸赤燒連天夜氣遙雪嶺三更人尚獵氷河四月凍初消客同屬國思傳雁地是陰山學射鵰忽憶吳趨歌吹地楊花樓閣玉驄驕

沙嶺晚歸

寒溪不可涉驅馬出平沙半磧餘秋燒千山只暮笳驚心烽火急回首塞垣賒終歲愁奔命何勞問海查

過灰扒廢城

大漠何王國行人此日來雄圖一戰盡廢址百年哀魚鳥空横草麒麟已沒苔松聲悲舊壘水氣冷荒臺

伊昔龍庭日曾傳狼纛開勢窺東海盛部繞北關迴
候月彫弓勁乘氷鐵騎催兩雄方齮齕雜種遂紛猜
釁比徵祠祭勳期闢草萊旌飛沙浩浩鼓合雪皚皚
大敵全師會孤城力鬭摧兵聲殘白草戰哭聚黃埃
韓近秦先舉虞亡晉始恢尚傳京觀在誰嘆燼餘灰
阨塞形空設興衰恨莫裁依稀營畔栁惆悵笛中梅
叢棘朝晞露荒沙晚沸雷撫塵心侘傺覽跡思徘徊
地遠何人弔程遙我馬隤淒涼懷古意秋角滿長陔

庚子至日書懷三十韻

舊國歸難定他鄉節又遷歲時仍玉琯雲物自氷天
漫喜微陽復徒傷往慮牽星行方轉次灰死欲重然

浪迹龍堆外，回腸鯉對年。重闈時問寢，諸弟日隨肩。宴笑潘輿樂，懽娛萊袖鮮。舉觴南至日，獻襪北堂筵。座擁緹帷燭，歌清玉柱絃。土風遺赤豆，庭誥續青編。節比元正重，家欽祖德傳。趨承猶記憶，門次已顛連。家遠三年別，愁深五夜煎。寸心徐庶亂，百口郄公憐。薏苡人誰辨，申椒世所捐。含悽望鄉國，攬涕托旌旃。丈室難淹久，壇衰失靜便。沙崩空磧斷，雪霽亂峰懸。詩眺非吳苑，生涯且朔邊。羈心黃鵠曲，歸路白狼川。敢道文章佚，翻慚性命全。戛羨愁寄食，作賦憶歸田。西笑何曾釋，南枝只夢旋。有懷成十志，無處飽三鱣。舊巳哀豺遘，今猶畏鵩拳。物情隨貴賤，吾道任迍邅。

鎩翮嵇中散依人王仲宣日遲玄陸景春隔紫臺烟客鬢將三十親庭渺八千感時何限恨腸斷白華篇

賦得春風和方邵村作

春風日駘蕩遠近徧亭臺傳響鶯先覺縈空柳漸催暗隨暄氣度時逐薄寒來寧有雄雌異空勞楚客才

送人之渾蠡

沃沮西候遠君去駐旌旄千帳凝邊色孤城壓海濤雪深車不度風勁角初高報盡平安火誰憐吏士勞

校獵卽事

錦袖臂鷹輕分弓出柳營飛身驕馬足仰手落鵰聲鼓合風林動圍開雪野平歸來金帳飲一片畫旗明

憶舊書懷寄陳子長一百韻

絕域黃龍外，長城玄菟邊。羈棲仍萬里，離别欲三年。天遠浮雲蔽，山深積雪偏。永懷心莫展，延眺目悽然。坐惜佳人渺，空驚迴路懸。迴腸頻雁帛，弔影只雞田。憶昨淹梁獄，當時盡漢賢。共嗟丞相繫，（子長尊人齋菴先生與予同在請室）獨訝謗書傳。牘背侵周勃，裝貲枉馬援。逢君何磊落，向我各潺湲。乳贙心長怯，鳴雞志不悛。潔飧梧象側，贈縞竹囚前。顯二皐陶廟，熒二貫索躔。一言饒契托，十死共迍邅。撫事惟悲嘯，忘形且醉眠。非關交易合，直是道能全。命酒青觴並，催詩絳蠟燃。斯人哀木索，俗士笑丹鉛。共訖黃門寺，翻多白雪篇。勢猶居畫地情凝問高天賦筆摧鶗鴂啼痕灑杜鵑上台終不曜厖女竟蒙愆已自寬秦格還誰辨楚荃鋤蘭方侘傺泛梗忽聯翩雁磧嗟俱竄驪歌竟我先（先生與予皆論謫塞外先生先予行廿日）春風都市柳曉日潞河烟南浦難追祖西曹黯獨煎魂應隨去馬膽尚畏飢鶻屢抱羈人憤何堪別緒牽棘庭纔判袂蓬轄倏隨肩去國崔亭伯無家王仲宣幸存餘齒在敢論舊丘捐客望迷山雨征途亂野鳶風沙橫地合障塞極雲聯白日陰遼海黃塵度薊壖關春榆莽二邊雪草芊二平郭無停軌向驪更扣舷相迎珠勒遠（予至瀋子長迎予十里）披對赭衣穿暫喜氷天外重看玉樹連含辛談出塞把臂話辭燕

欵二低烏帽依二坐馬韉望衡時晤語秉燭日周還
夜席銜金盌晴原簇玉鞭劍歌何激楚酒賦自纏綿
道屈才還大情深骨已鐫久諳行役賤猶得故人憐
仁祖能貽米延之屢乞錢相哀賦窮鳥獨恨咏鳴蟬
方擬長栖並寧知更播遷倚闌心眷二沾軾涕漣二
笛咽翔鳧曲琴摧去鶴絃曉風淒別幌夜月澹離筵
無復形將影徒傷筈與弦柳長空折贈蓬轉任翩翾
歧路嗟何及關山各勉旃無期知此別有約憶同妍
桃館消魂地才堂送客鄽良游應已矣吾道詎終焉
虎口殘魂脫羊腸覆轍斯雨昏江氣白霧宿嶺陰玄
經迴程凡幾投荒路渺千烏稽封灌莽紅鏽遶洄漩

邊人呼水在草中如淖者曰紅銹水絕壑橫豺虎荒途少術阡雜花垂隰短密樹倚山圓靡靡連錢騎耘耘服轄犍未知窮月窟竟似燧雷淵躋險憑穿屐啼飢想槖饘混同秋漲急甌脫幕雲驚地接扶桑畔人過槃木巔銀河橫左界珠斗直南旋憔悴腸應斷崎嶇病莫痊百程投所届萬轉盡洄沿稍喜勞筋息重悲累足胼罪寧當畀虎意敢望憐蛟薙草蕪三徑誅茅得一椽葛公蓬作霤楚客蕙爲榜家遠安殊俗身貧問治佃浮生原濩落舉世自嬋娟幾乞泉明食仍殘子敬氊負薪沙渺渺汲澗溜消消蘺缺松枝補牆欹椰葉纏故囊無白袷廢簏有青編漸覺詩書賤奚嗟習俗儇懷人饒

夢寐就役怯戈鉀欲命攀嵇駕難招訪戴船懸鶉看
裋褐烹鯉讀緡箋舊好悽心遠新詩照眼鮮瓊瑤思
友切笙鶴禮眞虔子長貽予札云欲齊謝凡俗栖心仙道種草期園客
蒸丹下偓佺椒庭應咫尺烟駕本高褰絙邈銀臺藥
虛無玉井蓮鮑焦空憤世郭璞且游仙繫表深遐慕
區中謝廣緣應知能却物誰是未忘筌蠖屈賢人隱
龍馴靜者便願言乘氣嶠相見問眞詮跡滯愁難遣
情乖忿詎蠲盧山春不度青海凍猶堅地脉通噓氣
天心合轉圜未能期汗漫聊復卜筳篿

見離燕

紫燕雙棲好年〻綺戶深那知金彈懼相失玉窗陰

覓壘悲新侶，銜泥愴故心。吳宮舊巢處，漂泊豈重尋。

書壁

荷索何來此，沾衣獨念親。最憐今決絕，轉羨昔艱辛。出塞愁中路，趨庭夢裏身。祁連明月好，難照倚閭人。

辛丑七夕

拂廬雨過流華月，起覩雙星乍明滅。塞外頻驚七夕來，閨中應憶三年別。寂寂深閨白露寒，鴛機遥夜綺羅單。空憐樓閣穿針好，不識關山行路難。

過恭順侯吳公寓齋奉贈

日暮巾車載酒過，青簾烏几共婆娑。年侵漸覺豪游少，官罷方知醉尉多。五國雲山凝旅望，九秋冰雪怨

羌歌那堪回首淮南郡列帳青油擁玉珂

贈故太常樂工申叟

白首梨園叟曾聞值御筵千官丹陛側百戲翠華前喪亂悲銅馬飄零泣鈿蟬那堪關塞外重對李龜年

人日過錢子

天畔春生揚子亭經過小騎慰漂零曾無綵勝傳人日虛擬羊裘是客星遠磧雲陰春漠漠孤城雪色海冥冥柏尊相勸還沈飲遷客由來忌獨醒

送巴參領

蕭蕭鐵馬嘶萬里出榆溪戰氣隨旌旆邊心入鼓鼙磧荒青海外驛斷雪山西上將銘功處殘碑待爾題

曷木沙邏曉發

樹杪月猶見城頭角已殘荒途分五國歸騎發三韓野霧依山盡春星落塞寒鳴鞭及前侶霜露滿孤鞍

送阿佐領奉使黑斤

槽頭征馬鳴將軍欲拔塞飛沙咽鼓聲長雲擁旌旆持檄遙領五國東揮鞭直歷千山外千山不盡海東陲黑水兼天積路迷金環島尸鶰爲屋黑斤人耳鼻皆綴以金環其傍海者以鵰羽覆屋石砮種人魚作衣魚皮爲衣曲棧荒林紛積阻剝落殘碑昧今古氷雪陰崖青鶻風麏麚亂木黃沙雨巨鹿剛頭塞北門千家部落若雲屯破羌流盡征人血好進温貂報　國恩老羌屢侵掠黑斤非呀哈諸種寧古歲出大師

救之康熙三年五月大將軍巴公乘大
雪襲破之于烏龍江自是邊患稍息

許康侯總戎招飲城東江上

一石酒新碧四月花始紅陽夏許侯有佳興攜賓日
暮城之東緹油小幕披華褥錦袖金鞭照沙曲烟郭
風微曉樹迷清江氷斷春波漾雙魚蹳刺紅肌鮮銅
罏作鱠吹芳烟客子欲題鸚武賦主人自奏鴛鴦絃
班荊藉草青莎軟雜坐高歌不知曉且看懽笑玉山
頹休語風塵銀磧遠酒盡高麗雙翠罌看君俊氣何
縱橫半酣忽躍紫騮去落日南岡挍海青

阿波道中同姚琢之馬上作

長林亘修坂迢遞抱雲廻半堰雙流入千嶂一線開

皂鵰驚古木白豹穴荒臺去〻慚關吏鳴鞭意轉哀

曉自沙嶺至馬耳河

海鶬先晨聞城烏凌旦起浮客心多懷侵星戒徂軌稍〻出烟巒瀰〻辨川汜蘋末風乍颸蓮房露猶泚岑翠忽爲霞林光靄初霽望遠恒少悰遊目暫爲美龍丘徒流歎雁門未雪踦良游如可期結軫從茲始

七夕陪諸將飲

清夜高城載酒游輕寒初換紫貂裘雕弓夾帳空懸月玉管登臺早入秋獨向金風嘶戰馬誰從銀漢問牽牛年〻此夕遐荒外腸斷穿針故國樓

贈舊參領穆君

珠勒翩翩白鼻騧曾提長劍靖邊沙酬功未見封龍額突陣還教隸虎牙羌笛恨餘青海戍邊烽愁問玉門遮畫圖今日誰麟閣十載軍中只鬢華

送人西行

風野喧征騎霜笳引別愁路分稽洛塞部入骨都侯駝帳邊陰暮龍祠海氣秋蕭條鹽澤外日夜水西流

沙嶺作

陟磴憑崕望未窮塞天城郭暮雲中征人乘障吹羌管校尉懸旗下朔風白雪長寒既脫裹青山不到挹婁東從來閭[redacted]多征戍未敢沾裳怨轉蓬

同諸公飲城春字甲寅夏四月二十一

日作

數峯空翠照江濱，江水逶迤繞郭新。草色乍消沙塞雪，鶯聲已過故園春。壯心零落還驅馬，絕域羈棲且傍人。漫道物華堪歷覽，淸罇相見莫辭頻。

海郎山靈湫神女歌 山頂有公主臺遺址

海郎山色倚巉岩，山半靈湫映曉嵐。公主舊臺餘翠岫，神女新祠傍綠潭。神女嬋娟艷瑤彩，霏烟曳月迷年載。怨入青蛾憶漢宮，魂依白鶴長遶海。含睇凝情不可親，乘風颯二如有人。虛無瓊珮空山雨，杳渺鸞驂絕島雲。和親當日悲登隴，遺恨千秋塵澒洞。寶鏡何時別紫闥，玉衣無處尋青塚。松花樫葉小祠荒，繐

帳無人春日長鵶翅髮垂宮樣髻虎章腰結羽人妝
香粉長筵醉芳醑巫女如花下靈語踏霧皆聞石馬
嘶騰波自共氷姨舞一曲迎神蘆管愁年年賽火海
東頭望鄉莫更歌黃鶴紅粉魂歸塞雨秋

帳中夜坐

虛帳風初霽長宵露欲侵銀河垂磧外珠斗落峯陰
獨下聞笳淚誰憐擊筑心南鴻飛漸少何處寄歸音

詶子長見懷之作

寒城愁眺塞天分歲暮懷人渺白雲路絕紫關長望
國書來青海尚離羣氷河雁陣霜中斷雪磧鵰聲夜
半聞回首秋風燕市裏酒杯何日更同君

又

館娃宮外石湖頭桂槳蘭橈儗並游豈意風塵淹絕塞獨將花月憶芳洲龍山雨雪征人淚鶴澗笙歌故國愁何日刀環尋舊約春江作伴逐沙鷗

贈人

鐙帶雕鞬馬上飛白頭憐爾尚輕肥勳遺左地新傳箭恩憶前朝舊賜衣秋雪金河千帳失寒雲銀磧十年歸劒鋒用盡創痍在愁殺松山夜突圍

送人從軍

漢法弛刑徒幽陵挽強客一朝隸戎行萬里輕沙磧身賤功詎論軍孤戰偏力曉度旃旆寒夜嚴刁斗急

刁斗聲中起控弦混同江水動樓船十年謫戍頭今白猶着征衣更出邊

上巳同錢德維姚琢之飲江上

江頭昨日氛埃霽禊飲相邀出中沚風景應嗟非故園年光仍道逢元巳我家遥隔吳江濱細柳崇蘭此日新金羈小苑流杯客玉袖高樓吹笛人可憐徒旅天山下不見春風吹四野際海氷河見斷鴻連山雪帳聞嘶馬宿昔繁華夢有無年年乘障挽螢弧束皙何須矜博物阮公終日哭窮途

席上賦得吳郡

踞虎餘神跡疏龍儗帝州夫差于西山疏鑿龍池九途環綠水

萬户夾朱樓花栁先春見笙歌入夜遊誰知張翰意
鱸鱠動鄉愁

宫怨

玉砌霜花薄金鋪月影多自從辭輦後無復翠華過

七夕

揺落逢佳節空庭片月流玉繩低拂樹銀漢迥涵秋
客淚他鄉酒羇心故國樓悽然望牛女萬里獨含愁

過琢之齋

小徑帶芳洲森然水木幽倚風人獨醉竟日客能留
江色偏宜晚林霏欲入秋滄浪如可去乘月問扁舟

九月八日作

三秋行欲暮萬里坐含思搖落驚邊塞羇孤感歲昔涙沾吹笛伎身逐控弦兒明發登高處雲山秪益悲

九日自木丹山歸過淨公蘭若

千山鳥道出雲層九日龍沙欲渡氷征戍未歸榆塞客經行空對竹林僧深秋漁獵頻相命絕域樓臺且共登知爾浮杯心不着憐予對酒怨難勝

九月十六夜之客將訪馮侍御炳文

日暮山深少行客四野秋風吹瑟瑟黃雲垂葉暗孤城白月生寒照空磧磧裏沙昏野燒微城頭霜淨戍烟稀何處風前度哀角可憐秋盡猶單衣觸夜驅車還獨往緣雲石磴嵯峨上雉雊頻驚暮雪深馬蹄欲

渡秋氷響氷雪連山黯不開憐君遥夕思排徊征人
應是知寒早常侍誰言帶熱來

春草園林圖歌贈友丙午年作

昔逢楚臺客爲說黔公園樓臺照海水花石亘山樊
十年南望紆長想銅柱天涯未能往忽漫披圖朔塞
前恍然置我昆池上澹淡如聞碧澗流微茫疑入雲
林幽葉榆川色當階暎越嶲山光繞戶稠歷二岩巒
分咫尺陰二亭閣毫間出千樹烟綿綺榭深數峯翠
入珠窓濕窗開面二俯垂楊一片池陰繞画廊竹外
射堂馳馬埒花邊步障鬬雞場鬬雞馳馬紛遊讌指
點繁華歎奔電漠代升平故老知侯家富貴當時擅

伊昔黔寧下百蠻卓犖勳名湯鄧閒分茅百年朱鳥社建牙萬里碧雞山一自烽烟暗滇海朱門青闥知何在鶴歸猶嘆市朝非燕去寧論臺榭改雨雪飄搖大漠昏風塵誰識故王孫空將吹笛思金谷幾度聞笳怨玉門憐君遷謫何時返獨抱丹青意憤懣東陵衰賤欲摧眉南詔雲山如在眼落日荒臺故國秋六王茅土竟誰留莫將鳴鵑園中賞來作和龍塞外愁

元旦

龍磧層陰雪未殘又傳春候度辰韓旌飛小隊晴雲細弓倚巖城曉日寒自擁羊裘沾客淚誰傳馬酒試辛盤東風若憶吳宮路苑柳官梅繞玉關塞外元日必嚴列旗

旗城門徧

懸弓矢

贈色君

少將風流雅不羣安東幕府獨推君期門舊屬張公子出塞新從霍冠軍馬上錦裘青海雪鵰邊銀鏑黑山雲翩翩家世通侯貴不識龍城百戰勳

祁奕喜初至留飲

淸霜羸馬古城東笳管聲凄帳影空一別朱門瑤草後相逢紫塞戰塵中交游秪訝當時盡尊酒翻憐此夕同莫道朔邊氷雪地遷人何處不途窮

木參領還自西域賦贈

聞君昨向月支回絕域關河抵掌開楊柳自迎征騎

發蒲萄不逐使車來昡雷塞絕狻猊坂積雪山廻龍
馬臺千載西陲誇右臂鑿空誰識漢臣才

三山道士工馬便射賦此贈之

柘月新弓馬上驕鳴鞭驚見羽衣飄曾驂瑤圃仙人
鹿欲按金河都護鵰白雪征行邊朔苦紫雲歸路海
天遥何肯更逐[redacted]皇使蓬島樓船試射鮫

送薩參領

高楊城郭草初曛翠帶風飄錦戰裾五月混同猶白
雪單車甌脫只黃雲射魚部遠人難到市鹿軍回路
自分今日漠南無戰伐不須鐵馬更嘶羣

贈張侍郎坦公次姚琢之韻

憐君遊屐滿高峰華髮南冠日引節幸免濁流沈白馬何妨遠謫度黃龍愁來獨倚邊城笛老去頻思禁苑鐘雄劍茂先悲尚在誰將赤土拭芙蓉公遭闖賊之難

柬錢子方叔

垂楊千萬絲東風天烟碧別君曾幾時中宵夢顏色

聞君卜築小城南野性由來七不堪堦分紅藥過新雨窗倚青山入曉嵐寂寥隱几無塵事細草萋萋滿苔地絲履能彈劉向棋練裙自草羊欣字落日衡門怨索居洛生新咏近何如邊庭自昔輕儒雅嗟爾長貧史讀書

贈少年

十八海東兒容華皎白雪結束紫貂衣翩翩事游獵豪鷹脫絛韝生馬㸌紅鬣瓊韉五石弓金縱兩重甲秋草山頭獵火燒合圍飛騎北風驕少年獨得標姚顧笑傍金鞍共射鵰

贈吴輿錢虞仲

邊頭七月凊霜早越客思歸怨邊草歲晏頻傷朔野寒秋來倍憶前溪好君家閨閣傍前溪公子風流白袷衣銀燭夜屏麤女鳳璫鉤秋帳汝南雞傾城名士俱年少侍女新聲採菱調倚瑟偏令紅袖憐按歌不惜青衣誚容與深閨樂未央尊前歌笑鬱金香共道冶遊羅綺盛那知離别塞垣長塞垣廻首繁華盡罽

模西風供旅病宛轉環留都尉刀葳蕤帶結秦嘉鏡鏡裏徘徊髮欲秋年年驛使寄衣愁玉管相思雞鹿塞錦衾歸夢鳳凰樓鳳樓雞塞三千里遼水吳峯詎相似應憐織素悞佳人却悔從軍戍蕩子搖落關山慘客顏故園奇樹更誰攀遥知玉筋長沾臆無那金鞍只未還

早秋陪諸公遊密將山

招邀出郭門青山殊未已金鞍小騎何連翩人影遥遥翠微裏翠微一望延曾巒深松伏澗相風湍飛泉半挂銀河殘秋嵐散入芙蓉寒石門黯黯金花裂隔溪蒼翠時明滅回風絕壁森晝陰六月空濛見殘雪

西峯百尺寒崔嵬振衣欲上觀蓬萊黃雲泱漭動海色樓船射鮫安在哉松花江水流浩浩千秋戰骨關山道龍堆狼望空嵯峨飛將勲名歸蔓草昨夜秋風吹塞天臨潢萬樹生寒烟金笳玉笛起愁思邊心四據空茫然安得仙槎泛清淺乘流直度支機前壯士無家誰不憐李陵已向陰沙沒逢萌空税遼東田君不見徽宗埋骨空江曲遺塚蒼茫走麋鹿徽宗塚在五國城西艮岳風流亦一時黃沙玉柙無人哭萬乘飄零且復然吾生那更悲窮谷擊筑高歌出塞辭何如楚客吹參差眼前有酒且不飲迢遥漫作鄉關思紫騮嚼齧當風嘶爲君重進金屈巵醉卧青山且莫歸明朝秋

雪吹人衣

送人

宛馬柘弓鳴邊沙毳帳輕秋風玉關外送客錦城行錦城花柳何年別塞草關榆幾回歌刁斗征人長白雲長白山在寧古之西藁砧思婦流黃月鄉路迢遙劍閣西君行正值子規啼跕鳶山瘴聞銅鼓如馬江濤見石犀尺書歸報蓮花幕西南喜見烽烟落賨人不復閉昆明漢使猶傳畧邛筰盡日軍城棨戟閑紅椒花發映旌旆應將漠北羌笳曲譜入天南蜀國絃

寄懷陳子長

雪霽山城月色新天涯憐汝倍沾巾家殘已恨無歸

日道遠空憐夢故人尺素三秋憑去雁短衣十月歎懸鶉傷心同是他鄉客偏是相思隔塞塵

寄懷孫赤崖

巳是淹窮徼那堪更索居中宵頻夢汝晏歲益愁予多病憐青鏡繁憂托素書天涯知舊少漂泊意何如

送人之梭龍

落日嘶征馬雙旌出塞門犬牙千障合虎落萬人屯力戰原[redacted]法弛刑亦漢恩雕戈風雪裏誰念度烏孫

春夜歸自西郊不寐閱顧華峯舊所寄札

天寒轉玉繩獨夜旅愁凝野色延殘雪春流響斷冰檢書人獨遠憶別夢相仍磨滅三年字因君欲撫膺

詠張侍郎齋前小松 同錢德惟賦

小松亭亭托幽徑，黛色凝階石苔靜。吐葉纔凌春草高，抽條已入秋霜勁。拂露搖烟影漸濃，寥寥輕吹度簾風。三鬣未垂寧似馬，九鱗欲起乍疑龍。偃蹇孤根矜得地，庭幕玲瓏映新翠。應知弱榦不勝梁，且共犂枝低繞砌。一別林巒幾歲年，寄君檻畔任君憐。何當更植丹崖外，夭矯雲霞待偓佺。

送薩參領入 都

畫角吹嚴霜，征車待明發。手持都護書，夫謁承華闕。奉使偏輕萬里行，辭家又作經時別。磧裏春來草未生，黃雲荒戍度雙旌。行人馬首吹羌笛，客路鴻邊指

帝城　帝城此日多懽賞翠蓋驪珂自來往春燕樓臺照玉河曙鴉宮殿輝金掌如君俊邁許誰倫入奏應知　寵命新封事倘傳青鎖闥流離須憶紫關人

贈人

琱服翩翩錦帶鈎珠袍輕襲紫貂裘頻彈寶鋏將軍幕獨倚銀箏少婦樓磧裏按鵰沙欲暮埒中調馬草初秋龍庭亦是豪游地海月邊霜未覺愁

爪兒伽屯值雨晚過郵叟家宿即事書寄孫赤崖陳子長五十韻

我行龍水外雨過雁山陽曠野無人渡曾陰極目長横天風瑟瑟匝地霧蒼蒼聲捲蒸沙黑烟沈遠樹黄

溪流侵磴瀉，嵐色鎖村荒。渺漫彌寒望，悽其斷客腸。
孰悔思故國，泛梗怨他鄉。塞柳沾全重，山花濕罷芳。
寒鵰逃灌木，牧馬失遙岡。膠漬難調箭，鐔濡欲壓房。
危坡愁徙帳，仄徑怯攜囊。虎跡平林畔，牛聲草舍旁。
渡河兒跋馬，繞隰婦驅羊。殘靄收空磴，斜暉下短牆。
逢人惟戍客，問土是岩疆。兎缶參爲餌，蘆罌酪作漿。
留賓登土銼，延叟坐繩床。虀切青絲菜，盤行赤穄粱。
未秋聞割蜜，入夜見然糠。杯裏弓懸影，燈前劒吐芒。
山川應異漢，兵甲尚傳唐。惻惻江南客，蕭蕭塞北裝。
身方隨拜柳，心漫結垂楊。牢落知誰恤，羈孤敢自傷。
莫吟青玉案，且任紫絲韁。謫遠虞翻枉，途窮阮籍狂。

恨爲雞塞别悔未鹿門藏世欲鋤蘭畹人徒佩蕙纕
斷紅悲少婦垂白想高堂蔓繞三年月愁新兩鬢霜
田園盡蕪没門第半傾亡臣罪何當惜天心詎可量
徼生混牛驥殘息傍豺狼坎壈原吾黨飄零亦士常
旅懷憂怛怛離緒溯浪浪消息遙江介關山隔帶方
生涯應已矣故舊耿難忘共鬱青霞意難希白日光
軍中滯孫楚隴外竄陳湯述憤歌慷慨貽詩與激昂
風流君未墜險阻我偏嘗空濶千年磧蒼茫百戰場
有哀傳玉笛無處訴金觴已自筊鶢鶋休矜蠛鳳凰
曲成惟出塞賦就異浮湘宿昔曾投漆招尋會裹糧
冷山風慘切瀚海月淒凉望望人何在悠悠路未央

側身看朔漠，回首怨河梁。欲問離居意，天涯泣數行。

宿混同江明日立秋

孤帳長川畔，荒城大漠東。邊心淹夜月，客淚入秋風。磧冷鵰盤急，沙鳴雁宿空。明朝腸斷處，一葉故園桐。

秋山觀姬人採花

照野秋芳晚，攜筐盧女行。條縈纖手艷，花罥靚妝明。浥露沾衣重，因風委地輕。飄零邊候裏，採掇若爲情。

送友人

日落單車發，沙平迴路分。一尊頻送客，孤劍獨從軍。大野生秋氣，荒臺足暮雲。最憐俱絕塞，猶自泣離羣。

重陽夜送人西行

甫罷登高會，明星又别筵。憐予黄菊酒，送汝白狼川。永夜低銀燭，嚴秋勁玉鞭。征途殊未極，應恨去經年。

九月十日雨雪達暮寄琢之

短轅昨向西山别，一夕邊風動嚴節。戲馬纔傳九日臺，和龍已度千峯雪。千峯雪色正漂零，惆悵登高故國情。颯颯蒸沙驚大漠，蒼蒼苦霧失孤城。城角聲沈更漏永，開軒半霽星河影。朔氣偏生玉帳寒，清光直炤銀戈冷。爽與期君匹馬過，霏霏秋雪奈愁何。憐將昨日紅萸酒，淚盡今宵黄竹歌。

# 秋集集卷三

吳江吳兆騫漢槎著

## 詩二

# 秋笳集卷三

吳江吳兆騫漢槎氏著

氷井曲

朔風吹合圓泉水六尺曾氷凍清泚皎潔偏臨甓甃明岩亭巳映銀床起皜皜銀床影欲垂流霜鑒月共玲瓏光凝雲母深含景冷結琉璃半累空可憐少婦爭朝汲錦靴顧步愁無力乍照青蛾玉鏡寒欲凭素手晶闌濕日日攜羣幽怨多嚴陰不散碧嵳峩轆轤宛轉霜絲綆泣向寒泉奈若何

讀張司空所撰岱史奉贈

司空雅博物愛撰名山志冷然塵外鑣自灑壺中字

採秀曾聞到石閭抽毫已似窺金記此日羈栖咏四愁側身梁父憶前游蒼茫日觀羣峯表海色天雞瞰十洲

送哈佐領之朝鮮

帽側溫貂繡袷紅蹙金璮帶兩鞬弓平明車騎凌江發大雪旌旗曳漠空莬嶺天分邊草外熊津地隔海潮東知君談笑遐荒靜百戰寧誇荀彘功

曉登東嶺寄楊友聲次姚琢之韻

雙峯霜淨削觚稜倚馬高寒試一登曉色迥添鵰嶺雪春風不拆莬河氷名汙久擬淪屠釣身廢空憐有愛憎鄉國茫茫徒極目圖南誰道是鯤鵬

早春集錢虞仲齋

晴雪層巒焰簾櫳文茵雜坐淹杯酒徑荒空見沒蓬蒿春至何曾識花柳四座高談殊未休徘徊片月挂城頭醉憑服匿悲歌發忽憶西園舊日遊

馬耳山中同姚琢之作

薄暮岩林外飛花滿綠蕪已從青海戍空對白雲孤身世歸鞍馬山河邈酒壚尚餘臨眺興未可慟窮途

聽高小乾話秦淮舊事作

秦淮昔全盛萬户起江潮燈火真珠舫樓臺碧玉簫黄塵愁北徙白首話南朝歷二升平事天涯夢已遥

代姬人寄贈錢茂才方叔

妾家高樓臨狹斜夾道金椎楊柳花銀鋪曉日流蘇帳綺陌春風油壁車春風搖蕩春光徧狂夫一去愁相見裊二遙憐邊地桑飛二獨對文粱燕乳燕流鶯曉夕聞綠錢生砌青氛氳塵鏡金縷四龍網空床珠破雙鳳紋離房寂寞長多暇綺瑟瑤箏空夜二寶鬟繚紹罷新梳翠眉連娟弛故畫昨逢邊使自遼東聞君萬里尚從戎刁斗三年出玄菟樓船百戰度烏龍烏龍絕漠征行久離思徙悲笛中柳紫壘秋塞君自知青漆春樓妾空守妾恨綿二思斷腸君行迢遞滯瓊鄉空見生香寄韓掾空持團扇憶王郎惆悵容華正三五年二紅粉坐啼妝

送巳公子之京

識君幾載客東幕虎竹家聲擅沙朔朝逐黃頭出射堂暮攜紅袖還鈴閣塞上風光白雪霏玉花小馬繡障泥金盤屢進黃羊炙錦帶雙飛青鼠衣父任爲郎正年少雅工漢語羣推妙承恩儤直謁蘭臺宮攬轡初辭梛河徼公子乘春上苑遊如雲祖帳擁鳴騶鳳城三月楊花滿蹀躞金羈過御溝

送錢丹季之松花兀喇

男兒好長征結束事軍儔鳴鞭欲何適松花江路遙山雪北橫漠河氷西限遼曉色帶歸雁夜火驚鳴鵰千峰萬磧逃南北送爾行行一沾臆馬上驚蓬無那

飛笛中折柳長相憶

## 少年行 丁未年作

少年便弓馬落魄無所憂自矜紫臺客愛作朱門遊曾陪北部大都尉新事西京博陸侯三月春風滿京國待詔期門執長戟銅駝街畔臂鷹歸金馬門前賜衣出天書趣拜羽林郎腰間鏤帶黃金璫鸚武杯傳仙液暖鵕鸃冠插翠緌長歸來塞外驅駟馬賓御如雲曜原野落鵰都護揖車前射雉參軍候鈴下驕奢直儗徹侯家貧賤寧憐舊遊者海東健兒浴鐵衣沙場幾度決重圍有功不解謁權貴戰如熊虎誰知之

## 山中曉行至阿波屯宿

不盡烟巒裏，驅車日暮囘。一溪紆嶺戍，十里及烽臺。獵火雲中出，征途樹杪來。寧知豺虎窟，秪駕欲徘徊。

張坦公侍郎齋中觀白蓮歌

高堂日暮收微雨，坐對蓮潭不知暑。簾櫳窈窕吹芳菲，召客看花酒如乳。玉壺綺饌當軒開，捲幔荷風面面來。花枝入座香欲動，皎如月出臨瑤臺。庭影離離媚將夕，池光汎灩凝珍席。素裳欲逐鮮飆輕，粉態愁侵曉雲濕。起坐高歌按採蓮，笛聲寥亮驚四筵。惆悵邊寒易零落，容華傾國誰相憐。我家池館臨江甸，灼灼芙蕖照人面。羅袖風微蘭槳輕，金塘玉溆長相見。自從漂泊龍庭前，斗柄秋風幾囘變。漾楫頻思淥水洲鬭歌尚憶朱樓讌舊國風流怨錦帆殊方星歲悲銀箭持觴酌我我豈違彈弦拂柱酣馳暉碧雲遙遙月初上醉倚金鞍忘却歸還憐公等京華去此地看花更有誰

早秋同錢子

客遊心易悲岩栖秋早冽與子涉蕭辰含悽眺寥泬寒波警洲漵空翠收岑樾盈盈散渚鴻槭槭下林葉胡然凄序臨坐令韶景歇金膏空爾懷瑤華詎堪折履霜方自今何以肆愉悅

秋夕同諸君飲張司空凭嵐閣

淒淒素商邁悠悠清夜遲眷言命賓友攀閣相招攜

微雲歛綺霄陰籟虛丹厓羃花烟稍積沾條露始滋
銀河耿遥景金波淪素姿馮軒獨緬邈叩盤空悽洏
邊候既已寒秋華寧久輝且盡緑樽樂詎知玄朔悲
懽宴未可常憂襟何由辭

寄王總戎

出戍君何恨新妝有莫愁金鞍衝塞曉玉袖度關秋
百戰餘紅粉孤征已白頭璮牆風雪裏應撥小伊州

送人之羌突里街

颯沓黄驄去秋風動玉珂蒼茫玄菟外落日滿金河
故壘鳴笳少晴原徙帳多年年候烽火愁唱破羌歌

送友人還兀喇

輓輅余纔返，嚴車爾復同。愁將征戍淚，重對別離杯。山勢侵長塞，河聲咽舊臺。北風哀角裏，獨過白龍堆。

阿波山中訪張子

石門棲隱處，遙在白雲隈。一徑穿岩入，孤村倚澗開。秋嵐生薜荔，陰雪洒莓苔。為問揚雄宅，何人載酒來。

自密將夜歸登舊寧古臺

濤霜十里度烟巒，月迥荒臺立馬看。紫塞清秋增曠莽，絳河遙夜動波瀾。心隨候雁鄉關遠，淚入征笳道路難。肌力自憐乘障久，無衣不復訝邊寒。

黑林

黑林天險削難平，唐將曾傳此駐兵。形勝萬年雄北

極勲名異代想東征廢營秋鬱風雲氣大積宵聞劒戟聲歷〻山川攻戰地只今旌甲偃邊城

郊行贈雁羣

城北城南千樹林斷烟衰草日蕭森白山氷雪秋將暮黑水風雲晝欲陰龍笛三年吹客淚鴛機萬里寄邊心招邀漫極江皐目憔悴終傷澤畔吟

夜飲色侍中宅即事成咏

列伎褰華幕留賓啓畫堂共彈盧女曲莫厭次公狂倚扇青蛾好行杯翠袖長今宵銀燭底不信是沙場

奉送大將軍按部海東

玉勒動珠幘旌旗遠肅紛鳴弓行積雪飛蓋入邊雲

屬國鮫魚部佳兵鷲鶴羣海東三萬里笳吹日相聞

寄錢子方叔

蘋萍植洪濤從風自糾結之子在遐陬驅車日登涉君行若崇朝纖阿已三閼托身非故鄉敢憚長乖別盛秋霜翔寒嚴飈素肌裂山高不可凌況乃無裘褐平沙邈無津曾氷慘難轍未知歸國期且復履邊雪盛年委榛莽壯氣盡羈紲一奏式微篇空令心斷絕

張侍郎齋觀山水畫卷歌

張公靜者流蕭然寡塵慮昨出名山圖知愛滄洲趣粲粲綄綄素色歷歷烟霞峯彷彿草堂上坐對松岩風樛枝蘢蓯倚山閣似有樵聲出雲壑瑤草萋萋暖欲

生石華濛濛寒不落澗邊接飲垂清籟梯上將雛引雙鶴聞君昔憩嵩丘山紫翠岩庭縹緲間手倚鳳笙坐磐石雙雙玉女芙蓉鬟碣來塵世空茫然矯首仙城不可攀卻顧丹青意惝怳十載關山倦輪鞅回岸疑入天壇松懸瀑如聞石淙響滿眼林泉故國遊憐君丘壑舊風流鄭虔漫自矜三絶張載惟應擬四愁

即事

龍沙飛雪中夜驚徼巡刁斗寒無聲少年盜符出鈴下關門未曉雞爭鳴追騎如雲促嚴鼓烽堠連天斷行旅此去寧逢漁丈人間行且逐奴甘父匹馬邊程白草枯崎嶇何日達飛狐應知天地容亡命擊筑還

過舊酒壚

上巳許康侯招同諸君禊飲江上即席分韻得年字

近郭林巒淨野烟佳辰車騎徧晴川秉蘭禊事仍三日拜栁軍儔已十年寒雪漸消貂去後春風不在雁歸前流澌處處滄江裏欲泛清觴倍惘然塞外以貂入深山爲雪消之候

阿波山中呈安都統

暮雲岩徑遞嵳峩初栁山橋送客過未見風沙開玉帳漸看氷雪霽金河春深絕徼歸鴻少日下荒原牧馬多欲逐車塵誇羽獵書生無那怯雕戈

渡混同江

江濤滾滾白山來倚櫂中流極望京襟帶黄龍穿磧下劃分玄莵蹴闗回部餘石砮雄風在地是金源霸業開欲讀殘碑詢故老銘功無字蝕蒼苔

送人之粤東 辛丑年作

高楊葉未齊芳草色初碧春風揺玉鞭誰是南歸客

送君南去古交州湞水遥連瀧水流珠出雞潮長不夜花明鳶瘴未曾秋征南將吏銅牙弩君到王門見歌舞賜橐應知動越王賦詩且復參蠻府蠻府迢迢五管分風流争識沈休文五羊城畔如相憶好折桄榔寄朔雲

咏隣姬

家臨苧蘿畔生小艷蛾眉嫁與沙場客飄零逐馬蹄金鈿空自好玉筯只長垂宛轉盤龍鏡春來不忍窺

曉行

五國城邊月已微五國城中烏未啼野昏溪水荒霧積天寒磧路明星稀收馬前林踏霜偏手結征衣赤鞦縮澗底斧冰響伏貂沙中捲幕驚鳴雁蹀躞孤鞍拂曙行天涯何日盡邊程長城囘望三千里一曲哀歌白髮生

與桐栢山人

山人十年滯盧谷濆倒黃冠日行哭飛鶴徒憐托令威射魚竟未從徐福囘首雲霞空舊山蕭條邊戍幾

時還共嗟玄朔氷霜苦那得丹砂更駐顏

奉送巴大將軍東征邏察邏察一名老羌烏孫種也

烏孫種人侵盜邊臨潢通夜驚烽烟安東都護按劒怒麾兵直度龍庭前牙前大校五當户吏士星陳列嚴鼓軍聲欲掃昆彌兵戰氣遥開野人部捲蘆葉脆吹長歌雕韃弓矢聲相摩萬騎晨騰響朱戟干帳夜移喧紫駝二帳連延亘東極海氣冥濛際天白龍江水黑雲半昏馬嶺雪黃暑猶積凍解沙飛山雪皆作黄色蒼茫大磧旌旗行屬國壺漿夾馬迎料知寇兵烏獸散何須轉鬭摧連營

秋夜師次松花江大將軍以牙兵先濟竊於

道旁寓目即成口號示同觀諸子

落日千旗大野平，回濤百丈櫂歌輕。江深不動黿鼉窟，塞迥先馳驃騎營。火照鐵衣分萬幕，霜寒金柝徧孤城。斷流明發諸軍度，龍水滔滔看洗兵。

城東書感

烟際出雙旌，霜崖滑未平。邊寒生遠障，海氣隱孤城。捕羽方催粟，傳烽未罷兵。白頭沙塞客，流涕問東征。

曉望

孤角荒臺上，寒旌獨戍間。雁聲秋滿磧，馬色曉彌山。霜雨淹晴暮，兵戈滯客還。淒涼天畔眼，誰是玉門關。

送人歸遼東

送爾驅征馬離亭葉已飛雲山三歲別風雨一人歸磧晚黃羊少關寒白雁稀蒼茫望遼海今日是王畿

寄友人

遙憶雞陵戍西連吐谷渾三秋兵未解百戰爾猶存關塞分珠斗山河斷鐵門北方如可托且莫賦招魂

九月八日病起有懷宋旣庭計甫草因憶亡友侯研德宋疇三丁繡夫

歲晚霜清木葉愁病餘蓬徑愧淹留紫臺一別悲蘇李青草頻年哭應劉歸夢關河長伏枕客心天地各驚秋明朝誰是登高侶零落黃壚豈再遊

九日

龍沙不見戍歸期抱病頻驚節序移白草征人千里恨黃花故國十年思雪晴大野鵰飛迥氷薄長河馬度遲欲上荒臺愁極目雲山面面是天涯

## 奉寄陳相國素菴先生 即用先生見寄原韵

昔歲從公別薊門短衣涕泪日雙痕誰憐阮籍居窮路獨向平津感舊恩空磧氷横秋未晏亂山沙起晝長昏側身西望臨屯塞滿目寒雲斷客魂

## 送使者之蒙古

蹀躞青驪映紫駝飛揚丹旆擁雕戈離筵日暮簫笳發絕塞年來戰伐多天盡龜林通鐵勒地從魚海入銀河旃裘萬里歸持節定遠勳名未爾過

與劉子良閱廣輿記因爲予話隴外地形賦此

九邊險絕稱秦隴抵掌輿圖此問君天轉黃河深圻地雪晴紫塞鬱紛雲千年形勝三城繞一線關山六郡分表裏莫談彊漢日蕭條泣盡故將軍

奉送安都統安集海東諸部因便道閱松花江水軍

雉尾高牙落日懸雕鞬精騎北風前軍容直歷無雷地戰氣初消盛雪天款塞紫貂新屬國浮江赤馬舊樓船遙知緩帶行邊處千帳鐃歌擁玉鞭

陪張侍郎坦公游西嶺

碧雲日暮春縹緲林巒峩峩照春好晴靄遥分雁嶺沙風光欲綠龍山草草色萋迷四野開笑攜筝展共登臺烟霽碧潭芳樹暖天清丹嶂夕〻嵐來夕嵐彩翠紛瑤席崢嶸行杯醉佳客北海何須愢子卿東山且自陪安石酒罷還傳洗玉觴犢車歸路晩蒼蒼欲將折柳羌人笛吹入春風憶故鄉

贈孔叟

孔叟俠者今白頭橫戈曾事當陽侯崇禎中叟以副帥事楊相國嗣昌十年囮頓蠮螉塞五月不脫羔羊裘征南幕府久零落猶復雄名動寥廓絶域魂銷白雁書沙場力盡斑綠絮擊衣不得心自哀置鉛無成目空矐甲申冬欲刺李

自咸不克可憐喪亂詠皃毛敢逋猜誠生馬角萬里蒼茫
故國悲側身天地何時歸鄉夢已遙三楚道蠻烟休
望九疑祠此月相逢把君手倚杖班荆撫西年感舊
應憐鬢上霜悲歌且酌尊中酒入關蕭丞正漂零思
趙廉公已衰朽半酣起舞何慨慷俛眉歛跡空摧藏
丈夫失意會如此君今那必哀窮荒

遊西山蘭若二十韻

四禪分浩刼雙樹啓香津地湧龍沙古宮開鹿苑新
寶鈴流塞雨金刹照邊春窈窕丹爐合崚嶒碧嶂隣
下堂鐘送客歸院樹迎人仙梵消兵氣天花灑戰塵
瀑泉喧月曉山磬靜霜晨咒食閒禽下繙經見虎馴

果肥風破甲松勁雪生鱗座儼逢師子林應集雁臣
南宗壇卓錫西竺字函銀香散氷天畔僧歸沙海濵
嘯聲疑藥老碑製想王巾共道城爲化誰憐里是貧
白毫徒彷彿皂帽自逡巡已昧生還日空悲老去身
神人寧夢漢逐客未歸秦涕泪瞻慈像皈依請梵輪
秖林誰抖擻朔野此沈淪何日吳中寺長齋禮應真

送米參領

詔書昨下麒麟殿敕勒將軍夜乘傳五校初歸左地
兵單車欲罷前庭戰送君萬里向樓蘭赭汗生駒七
寶韉腰帶辟邪金錯麗耳衣舍利錦縫寒青冥亭障
千回轉白草川原日將曉磧裏吹笳烟火稀雪中移

帳關山遠西望蒼茫使節過野營求水任明駝界標鵰嶺餘殘壘路極龍沙見洑河〻塞遥〻逢候吏百年甌脫誰爭地乍道軍回遮玉門須傳使者撓金七瀚海蕭條正北流浚稽山畔朔雲秋遥知錦帳安西部馬首爭迎博望侯

寺樓曉望有懷

高樓簾幙俯江瀾　鴉色半天凝磧曉雁聲七月動邊寒緣尊無處尋文舉皂帽何人識幼安消息中原頻斷絕幾逢歸騎問桑乾

聞溪聲有感

何處溪流瀉潺〻聽未窮數聲秋雨外一道夕嵐中

寧復逢漁父，空憐作塞翁。扁舟何日去，腸斷五湖東。

送姚琢之赴兀喇

雪花昨夜度秋峯，君去單車積幾重。八月邊程依白鷹，千年戰地出黄龍。征衣卒歲何曾授，旅食因人豈盡供。幕府只今勤遠戍，敢將離思問重逢。

同友人夜飲即席作歌贈之

江色凍修夜，雁聲斷清秋。相攜飲沙瀨，渺若滄洲。羯鼓逢逢動孤戍，懸火連延儼華炬。泠泠玉露摇寒烟，奕奕銀河挂遥樹。夜氣莽蕭森，徘徊霜濕襟。哀絃激西氣，促柱悽南音。南音一曲肝腸絕，憐君向隅淚承睫。蒙叚鄉園隔瘴雲，混同邊路驚秋雪。賣瓜誰恤故侯貧升輩猶悲侍中血當年出入驅隼旟可憐今日行無車一馬之田目蕪穢數尺荒江身自漁漁釣優悠且相樂擊筑吹簫亦不惡投荒聊復侶豺狼有道由來在蔡藿（一作龍蠖）任陳情感舊酒頻傾撫節高歌月將落君不見五侯子弟半紺奴負薪乞食嗟如何

八月十五夜望月作

大漠怨涼秋征人悲暮節日夕荒城思不怡却攬羊裘步林樾遙野寒鶡鷩古戍啼烏歇如何遠謫心獨邈清宵月二出雁山中徘徊遠近同亭二初濯魄靄靄欲盈空戰場極目天垂白蒼茫亭障凝邊色影入鷹關路幾重光連龍磧沙無極候騎營空刁斗寒明

駝帳冷旌旗濕一望旌旗亘朔邊幾回離別恨纏綿
金波不夜空千里玉塞傷秋又一年秋塞沈沈歲將
暮盈虧屢向愁中度明鏡蟾蠩只自飛大刀龍雀徒
相誤謾道邊心托鼓笳可憐客思淹霜露盈盈應照
去年人望〻還迷舊鄉路舊鄉迢遞海雲端朱門此
夜正尋歡纖手雕觴進浮蟻小腰綺帶引驚鸞銀閣
烟花秋未素玉屏歌吹夜將闌玉屏銀閣關山隔望
遠懷鄉淚頻積良讌空教感舊時清光秪自憐今夕
今夕天涯意轉悲拂廬落月靄深輝登高欲作劉琨
嘯裂帛誰將蘇武歸

登樓

八月霜風早寒笳睥睨愁長雲横塞晚落川濟邊秋
意氣誰横槊蕭條只倚樓空餘滄海思十載滯韓州

九日登東山憶甲辰此日同馮炳文侍御遊
腌河上錢虞仲茂才以五言長律相贈今
馮錢皆逝溯懷疇昔情見乎辭

蒼茫巖徑抱烟稠落日攀登動昔愁雁塞雲山低薄
暮龍沙氷雪亂清秋銜杯彭澤仍佳節吹笛山陽已
舊游三載夜臺人不見空將沈醉哭西州

野宿

獵罷班聲夜磧空千燈星亂擁元戎金笳不動關山
月鐵騎長寒海戍風自是嫖姚雄塞外空慙孫楚在

軍中十年書劒長征慣悵望深宵更倚弓

寺樓雨望懷楊友聲

北風吹雨色日暮徧江潯木葉千山冷松陰百里深樓臺紛遠目砧杵動離心遙憶求羊徑蕭條孰爾尋

贈高生

高生家本宛溪涘當年曾許工文史五年漂泊塞垣秋夢斷江關八千里一戍天涯恨不歸邊霜蕭颯摧人肌金戈夜雪哀吹角錦石秋風憶擣衣落魄行歌空太息養雞牧豕無顏色賃舂廡下不見收斫屨山前詎能識昨日逢君大道旁頭須欲白神昂藏藜羹不糝雜泥滓短衣無緒蒙雪霜豈無高門與大第雖

齪何曾稱人意乞食難逢女子憐望塵易盡詞人氣
日暮荒郊行負薪歸來黔突欲生塵憐君更灑楊朱
淚予亦龍荒放逐人

山行有懷舊遊諸子

氷雪崚嶒帶遠川北風驅馬夕陽邊山晴曠望黃羊
磧歲暮崢嶸白雁天少壯已過多難日風流空憶昔
遊年悲歌不盡鄉關思泣向沙場倍黯然

晚自雞領崖至天龍屯

迢遞回岡抱塞長暮雲歸路劇羊腸馬嘶古磧寒沙
白鴉亂荒城落照黃病後關河空涕淚戰餘身世各
蒼茫客游不異松花水日夜滔滔下北荒

寒食日作

昨歲從軍粟末城今年寒食尚行營干戈秖益他鄉
泪時序偏傷故國情雪霽塞沙堪射兎天寒邊栁不
聞鶯年華已分沙場老敢向春風恨遠征

芳樹

春樹試春風飛花澹蕩紅縈烟垂砌外揚彩入樓中
葉暗鶯啼偏枝高月度空有情憐蕩子流涕向芳叢

巫山高

白帝通巫峽黄牛對楚臺陽雲當日夢暮雨至今來
樹色連冬落猨聲接曉哀高丘遺廟在想像珮環回

銅雀伎

愁殺望陵人年年漳水濱月沈銀海雁春斷玉衣塵
理曲縈紅態凝妝掩翠顰殷勤羅綺意猶是昔橫陳

中山孺子妾

妖姬原易寵得奉玉階深荷妾鳴環麗當君倚瑟心
腰纖嗤北里鬟巧飾南金銜謝宮中伴辛勤抱錦衾

結客少年場

家世扶風里英聲擅帝州結交憑喜怒馳俠辨恩仇
夜火藍田獵春鑣素滻遊橫刀千里去羞屬富平侯

湘妃怨

蒼梧渺何許迢遞隔湘岑帝子無還日江流空至今
亂猿傳晚嘯叢竹曖春陰何限懷君意悽其瑤瑟音

長門怨

君王憐鬒髮棄妾在長門自謝平陽舞難邀複道恩塗黄思故愛破粉怨新痕寂寂流蘇帳層楹又向昏

妾薄命

春色掖庭幽飛花落御溝可憐蟬鬢色長作翠蛾愁妾夢依塘上君恩隔殿頭下陳曾未及誰信善箜篌

將進酒

絃管鬱金堂烏棲夜有霜玉罇邀上客羅袖出名倡漏促銀虬咽尊浮綠蟻芳明朝歌舞處又擬向平陽

採蓮曲

倚棹淥潭空新蓮相映紅折莖愁刺密攬菂愛心同

錦纜明斜日，羅衣逐曉風。船回繁吹合，爭入館娃宮。

春曲

樹色迎韶月，風光徧曉春。柳迷調馬客，花醉鬬雞人。
袨水羅裙艷，縈山錦障新。年年行樂處，長在小平津。

閨怨

樓外露初溥，紅閨夜欲闌。風微銀漏徹，月迥玉繩殘。
翠袂浮香薄，羅衾裛淚單。空將擣衣恨，迢遞夢皐蘭。

與定之飲

憶汝城南別，邊頭兵正纏。那知烽火後，還共酒杯前。
半嶺低殘照，孤城隔暮烟。但令長嘯傲，敢恨滯歸年。

早秋姬人有悲落桐者感而賦此

井梧妝閣畔秋至欲披離玉袖徒相惜金飈只自吹
就衰悲曉葉抽景憶春枝縱抱咸池曲凋零豈見知

贈張繡虎

昨年聞汝繫京華忽漫邊頭度玉騧昔去白衣悲擊
筑今來紅袖泣吹笳斷腸水咽三秋戍絕脉城遙萬
里沙誰道飄零非壯士姓名久已屬輕車

同陳昭令遊西山道院

新起琳宮俯北岑秋嵐天半靄沈沈跡松日冷瑤壇
靜清磬風微碧殿深爲客久慚玄髩影懷仙空寄白
雲心可憐百戰龍沙地猶得相將物外尋

寄琢之

驂驔鐵馬戰初還又見征車度遠山萬事總傷邊塞外十年空老別離間秋風穹帳松花戍夜雪雕戈木葉關一別天涯嗟歲晚回腸幾度大刀環

山夜觀打魚

東峯暮雲裏岩磴紛坡陀連山見野火隔浦聞漁歌榆溪秋半綠氷合石梁夜深瀨鯉多岩下鮫宮百餘尺椎氷張網那可得嫋嫋秋風吹早寒羊裘倚釣空愁立

奉送副都統安公之烏龍江

安東亞將黃驄馬夜發旌旗宿烽下金笳吹雪起行人銀鏑搖星照秋野遙遙風旆捲平沙磧路陰沈極

望賒百轉青林蟠粟末雙流黑水接榆花塞原獵火
懸軍度校尉行營在何處倚月弓開雁陣高連雲帳
繞鵰聲暮黑狐川畔驛亭開射鹿崖前候騎來此去
關山秋草徧行邊何日玉鞍廻

與張繡虎飲

十載一相見憐君氣未除天涯今夕會舊國隔年書
白髮邊愁裏青山戰哭餘不須悲異域能醉即吾廬

王定之過

寥落穹廬外憐君日暮過雪聲空磧盛沙氣廢營多
戍久愁横劍兵疲憶偃戈十年關塞淚南望意如何

置酒歌

臨潢城頭暮吹笛北斗闌干月將出金吾置酒坐北堂銀鞍召客何輝煌織成罽幞芙蓉捲紫㲪新茵獸文軟黃羊作餪堆金盤青驪挏酒揮犀椀筵前火照明星稀凝笳急管紛相依錦衣如霧聲綷蔡寶刀拂露光霏微須臾月東吐罽賓坐撾鼓還褰丹綺帷更出紅妝女金鈿曜紫貂珠袿襲青鼠的皪芳脣歌便娟細腰舞沇〻芳夜闌惻〻北風彈青蛾扇底蹙素指絃上寒哀絃聲屢闋靈虬水頻咽但顧羅袖歡詎惜珠纓絕酒闌華幕坐欲移徘徊落月秋河低錦鐙車馬縱橫去應照香塵繞路飛

登西閣

高閣秋風蚤，馮軒曉色分。半空長白雪，極目大荒雲。久戍應沈命，孤征敢念羣。還憐豪氣在，長嘯學從軍。長白山在寧古之西，高三百餘里，夏有積雪。予時屬鑲紅旗。

送友人

天涯方戰伐，爾去欲何歸。斜日傳離酌，初寒到客衣。雲從鵰外落，霜逐雁前飛。霜後一日，雁卽南飛。惆悵衰楊色，行人折已稀。

九日同德維雁羣兩同年西山登高

落日一尊酒，長雲萬仞臺。寒聲隨雁去，秋色傍鵰來。烽火鄉書隔，氷霜旅鬢催。故園叢菊在，零落爲誰開。

九月十二晩觀回獵賦贈薩君

山晚初回獵江寒早渡氷風旗收萬馬雪帳散千燈
拂劒君何壯鳴弦我未能莫言狐兎盡側月有飢鷹

寄琢之友聲

昨歲登高日從君汎羽杯只今千嶂裏猶憶百年臺
風景人將老江山客又來殊方良會少俛仰獨餘哀

一藍岡夜行

亂峯斜豁月朣朣堠火微明隔嶺東孤障旌旗寒炤
雪嚴城刁斗夜臨風鳴弓盡日隨邊馬裂帛何時寄
塞鴻朔漠自來爭戰地欲將書劒一論功

秋日雜述十首錄五

軍城遥倚萬峰開峯際浮雲繞堞廻落日旌旗人出

戍秋風笳鼓客登臺黑林險入重關斷黃水深蟠大漠來昨夜隔河新駐牧平安火色到龍堆

又

西山雜部古烏桓東極三城屆馬韓積雪四旹當塞迥河氷千里照關寒種榆尚識秦人地射栁空傳漢將壇滿目沙場征戰後誰將耕鑿起彫殘

又

戍樓鞞鼓動嚴城朔塞山川鬱戰爭毛節未歸魚海使羽書還下鐵關兵月高亭障千烽出雪照旌旗萬馬鳴莫道瘡痍猶未起 廟謨今日重東征

又

朔風氈幕擁旌旗八陣營開鎮築高鐵馬兩甄橫塞草木犀三翼動江濤昔大治水軍于松花江以遷人流人之習水者充棹卒未見征徭息屬國微聞戰伐勞漫道射鵰多健卒只今文士習弓刀

又

役車歲晚未曾休匹馬關河畫角愁豈是邊人輕遠別應知漢法重長流海西雨雪梭中盬槎表星河博望侯總道故園戎馬徧轉蓬何地不堪留

贈友故祀丞

曾從郎吏侍瑤壇羽衛森二扈玉鑾一自橋陵成異代翻從邊徼識祠官金河萬里魚龍晚銀海千年鳧

雁寒猶有遺弓當日淚秋風沾灑在三韓

贈唐副帥

唐公年少武且賢十年部曲陰山前握中鵲印桃花綬櫪上龍媒杏葉韉生少邊城誇任俠珊瑚寶鋏頻流血挽強不數射鵰兒入陣能攜畫眉妾山頭草綠獸初肥錦褶珠袍去若飛簞箙數聲秋磧裏看君拋鞚合長圍

題淨公房

淨公精舍紛蕭爽花石橫堦構佳賞芙蓉曙發凝早寒松栝秋岩激清響寂寂禪扃掩北岑泠泠疎磬出東林定知習靜長趺坐何必思歸動舄吟

送人之榆關

步君控弦兒家世陰沙外昔從弓高侯西欵雲中塞戎錦騰裝鞢韄紅魚文雙服鳴雕弓碧毛氈帳五千騎詔書分遣隸安東單馬曾穿白波壘一劒能誇黑稍公自從上將沙場沒部曲分攜各南北木根山畔不能歸粟末營前更驅役日逐何曾負[redacted]恩段氏寧慙忘晉德汗馬驂驔長苦辛天涯轉戰白頭人玉劒徒悲十年戍鐵衣空盡九邊塵今年奉使長城去馬首重尋舊時路河繞句驪候雁稀關開鴉鶻行人度清霜七月草初黃篳篥聲中磧路長當時折戟秋原徧一慟嫖姚舊戰場

獨行城東循山至白崖

涉江企往蹤尋山睠遐軌孤遊豈不懷緐悲亦已弭宛轡遵郊岐攀崖眺剡施曾陰靄平皐若烟引遙沚林衣寒委緣岩霏暮凝紫遠鷗乍明沒驚麏或騰倚披覽與徒牽逍遙思何已軫此羇鄉情睠彼棲岩趾躊躇我馬煩將從叱羊子

秋夜送十書記赴軍幕

明燭映華纓櫝槽雜鳳笙離筵開罽幕別騎動層城四五金波夕三千玉塞程翩二阮書記名貴武剛營

同雁羣城南泛舟至白崖口

數里層城色超遙帶落暉欲乘孤櫂去祗訝舊遊非

江晚滄波淨山寒翠靄稀微霜邊候蛩愁攬薜蘿衣

寄將山晚歸柬陳衛玉馮玉文

獨往秋峯裏寥〻遠度鐘燒痕依岸盡林影入江重有恨空横笛無家且賃舂天涯烽火徧吾道竟誰容

晚步原上

柴扉猶返照樵徑已凉風暝色歸平楚秋聲落早鴻交疎知客久身棄覺途窮惆悵年華晚吾將侶釣翁

曉登天羅嶺柬陳雁羣

滄江碧嶂曉寒凝莽〻雲山鬱幾層貂貀四時霾白雪魚龍九月蟄玄氷放歌絶壑頻來往抱病窮邊獨寢興多難漸看豪氣盡愧將湖海問陳登

西山閣晚眺

落日憑闌四望開江流如帶抱山迴雲林晴色秋横野雪嶺寒光晚照臺萬里塞垣長放逐百年鄉國未歸來天涯此日無衣客愁聽清砧處處哀

夜同諸君飲江亭

秉燭邀賓到野亭蒼烟白露滿前汀金尊美酒還堪醉玉笛哀歌不可聽明月鮫宮江漠漠秋風漁火夜冥冥却愁塞水多鳴咽欲泛扁舟且復停

木丹山曉行

滄江皛淼帶長巒拂霧宵征路轉難一片關城秋色動半空旌旆曙光寒皂鵰風急聞弓響白雁霜清度

角殘十載從軍今未返荷戈愁更出樓蘭

白木丹還城作

蕭蕭征馬涉溪流颯颯寒旌背驛樓萬里獨來天北極十年空逐海西侯秋深城闕還悲角老去關山只敝裘日暮登臺瞻大漠黑松黃草不勝愁

蒙古屯同雁羣晚眺

磧烟山雪遠蒼茫落日層臺雁幾行殘壘迴連寒燒紫穹廬遙壓暮沙黃邊書亂後應難達客鬢秋來各巳蒼漫道山川堪極目登臨無那是殊方

帳中作示雁羣

白草高原繞拂廬長天凝望意何如關山夜月悲龍

笛江海秋風隔雁書搖落漫驚時序改艱難空惜故人跡只今轉徙隨羊馬敢向長沙問謫居

冬至懷繡虎却寄

憐君經歲滯臨潢至日傳書怨路長雪嶺幾時歸遠戍氷天何處轉微陽蕭條晏歲長多病零落窮交各望鄉總是寸心灰死後難隨葭管一飛揚

除夕

寒燈相對恨如何攬鬢星星愧漸多一歲尚憐今夕在半生空向異方過哀笳絕障虛傳警濁酒穹廬且放歌漫道春光明日好塞天氷雪正嵯峨

雞嶺崖與王定之别

不盡平蕪色蒼茫到海瀕烟生漁舍晩花發戰場春亂後輕僑客兵餘重故人那堪離索恨回首見行塵

觀姬人入道歌

龍沙女子善歌舞紅顏的皪方三五自憐薄命失青廬欲問長生歸紫府聞道餐霞生羽翰明璫聲繞步虛壇舊着錦裙嬌試馬新吹玉管學驂鸞盤龍鏡歛如雲髮羽服纖纖曳輕雪巳裁菡萏戴瑤冠尚掃臙脂開寶匳降眞火煖博山爐竊藥還能托月無白玉帳寒憐罽幙青岑醴熟厭酡酥日暮然燈禮瑤席清磬泠泠滿空碧法曲能將漢語傳隱文自用秦書譯寂寂清闕晝不開駐顏何處望蓬萊共憐飛雪金微

外更有明星玉女來

山中

山下長烟松檜林，山家往往住層岑。泉飛丹嶂秋嵐濕，葉下蒼溪晚徑深。折芰每憐人獨坐，采參時見客相尋。烟霞不少中原地，十載殊方愧滯淫。

帳夜

穹帳連山落月斜，夢回孤客尚天涯。雁飛白草年年雪，人老黃榆夜夜笳。驛路幾通南國使，風雲不斷北庭沙。春衣少婦空相寄，五月邊頭未着花。

寄贈姜京兆定菴二十韻

昭代論才傑，先生實擅場。人宗瞻藝苑，卿譽最巖廊。

議國曾焚草承家本釣璜夕郎青瑣闥京尹黑犀章望火兼丁孔名今壓趙張官曹連鳳掖封域劃龍荒浿水侵遼緣關雲帶　闕黃山川尊北鎮居守重南陽共喜台衡逼還看竹帛光龍門延客峻馬帳說經長儒雅躭桑翰風流凭隱囊探奇興不淺愛士勢偏忘歲晏憐窮鳥天涯恤翳桑詩傳子卿窖書到幼安牀高義驅流俗徽生愧激昂幸邀千里顧彌結九迴腸恩重空銜涕情深漫自傷無家隨泛梗有賦獻長楊何日伸良覿凌雲感　聖皇如能薦文似矯首望楊莊

封祀長白山二十韻

配極神山峻修封　帝命崇金函新建嶽玉檢此升
中咸秩遵虞典昌明答漢功星軺瞻二使雲燎視三
公戴斗原承北苞祇獨峙東千年今值　聖萬歲昔
聞嵩地接興龍近天開翥鳳雄嵯峨分氣象窟突闢
鴻濛五時儀還陋三祠禮自同宗禋通肸蠁展宷契
昭融圭璧陳緹帟騂駒襲錦幪日華遙合扇雲氣迴
成宮列嶂輝瓊雪雙流亘玉虹壯哉符寶勢赫矣麗
璇穹仙靄凝巖紫高霞鏡野紅何須傳縱雉已見承
垂鴻芝木祥併岱枌榆祀比豐紫壇三望徧絳節百
神通運喜逢文命書懋獻所忠　聖皇長有道靈秩
慶無窮

## 題西曹雜詩

失名

辛未仲春僕三上長安寓居李北部松客邸閉門深坐不問朝市事秋冬之際采菊剝蟹頗似江鄉賓主相對脫畧禮法致足樂也偶得吳江吳漢槎孝廉西曹雜詩秋笳集兩帙哀其負才淪落鈔以送日鈔既畢與王元倬先生南陔堂詩藏之枕函或謂漢槎與元倬先生不侔元倬先生勝國遺逸操履善全南陔堂詩感時觸事篇篇忠孝字字涕洟俾讀之者生黍離麥秀之悲增鵑血猿腸之慘人傳詩傳固其所也漢槎則流竄塞外其羈孤憂鬱紀述土風傷今弔古詼貴求生摘詞雖工結衷實鄙顧何庸鈔鈔亦何庸

與南陔詩堂合置一處僕唯唯否否慨念文信國謝信州家鉉翁鄭所南楊鉄崖倪元鎮諸公尚矣逮元遺山薩都剌高青丘劉文成袁白燕徐幼文世亦未盡非之僕第取其詩悲其遇至兩孝廉之志節行事自隨時代先後未可一槩論之也或人不言而退

# 西曹雜詩卷四

吳江吳兆騫漢槎著

## 詩三

四書新詁卷四目録

西曹雜詩卷四　序

兆騫止樊幼生菰蘆下士弱齡有意總角知名才愧臨川登擅芙蓉之譽年同僧孺即傳芍藥之篇漢代三君長其聲價江東二俊許以追攀既而擢秀蘜林含毫鎖院自慚庸薄猥遘賢良江頭艤榜京尹問孝廉之舡道上鳴鑣　君王命上計之吏登知新粧始竟便嫉揚蛾嘉卉初繁遽逢鳴鴂孝子有掇蜂之懼賢人生市虎之悲直比朱絲乃見嫌于曲木貞如白璧忽致嘆于緇塵成是南箕搆兹北寺江文通之就吏傷心謗缺之間范孟博之拘囚慷慨棘木之下夏臺日暗疇惜賢豪貫索星高竟災文士望慈闈于天

際白髮雙悲憶少婦于樓中紅顏獨倚緘冤情而莫訴抱幽憤以誰知嗚咽銀箏空寄思鄉之調淒涼石闕難傳羈客之情爰寄托于篇章聊自陳其胸臆南冠琹曲泣鍾儀之土風西陸蟬聲賡駱丞之慨咏詩成雜體情比四愁云爾

戊戌三月九日自禮部被逮赴刑部口占二律

翁黃荷索出春官撲目風沙掩淚看自許文章堪報主那知羅網已摧肝冤如精衛悲難盡泉比啼鵑血未乾若道叩心天變色應教六月見霜寒

其二

庭樹蕭蕭暮景昏那堪縲紲赴圜門銜寃已分關三木無罪倘人叫 九閽腸斷難收廣武哭心酸空訴鵠亭魂應知 聖澤如天大白日還能炤覆盆

四月四日就訊刑部江南司命題限韻立成

自嘆無辜縶鷄鳩丹心欲訴淚先流才名夙昔高江左謠詠于今泣楚囚闕下鳴鷄應痛哭市中成虎自堪愁 聖朝雨露知無限願使寃人遂首丘

感懷詩八首呈家大人

棘寺陰沈樹色長故園何處淚沾裳獨憐積毀能銷骨無那銜寃易斷腸授簡園扉思夏勝上書梁獄泣鄒陽金門咫尺招賢地不得雄文達建章

其二

風塵日夕滿燕山馬角烏頭尚未還夢繞高堂憐白首書來香閣泣紅顔凄涼鈴柝悲風外黯淡松楸落炤間極目南雲何處是羈心一夜度江關

其三

宋坐匡床引濁醪臨風愁聽角聲高謗書何事騰三篋壯士由來泣二桃目斷鄉關空涕泗心傷烏鳥自悲號可憐一片江南月永夜著二客夢勞

其四

涼風吹雨夜窗虛木索嬰身獨起居豈有姓名藏複壁可憐涕淚滴衣裾初明歸思通天表孝穆哀情僕

射書惆悵慈幃新白髮側身南望一愁予

其五

壞墻寂歷鎖莓苔几坐槐陰迴自哀飛雪漫傳鄒衍恨凌雲誰惜馬卿才異鄉節物愁中度舊國烟花夢裏迴何日烏啼傳大赦秋風重接故人杯

其六

青〻杜若滿芳洲迴首家山憶昔游父子文章推二庾弟兄才筆說諸劉那知眉黛悲謠諑還使衣冠泣纍囚聞道江東花信好五湖歸去看漁舟

其七

長吹玉笛到雞鳴讀罷魚書淚滿纓千里關河風雨

恨一堂兄妹歲時情攲輿奉母嗟潘令鱸鱠思鄉有
步兵折盡柳條歸未得中宵腸斷闔廬城

其八

殷勤尺素勸加餐强引清尊且自寬伏闕何人懷白
璧當門從古忌芳蘭山頭晞髮孫登嘯軍府彈琴楚
客冠見說　九重多雨露擬披雲霧叩鵷鸞

聞有家信遂成

遥傳江上信八月到燕京故國經年別鄉書萬里情
秋雲低驛樹夕照下關城極目天涯外蕭蕭旅雁鳴

寄內二律

憶汝深閨裏淒凉畫閣塵有情憐蕩子無語問尊親

明鏡雲鬟亂芳襟玉筯新迢迢今夜月愁殺兩鄉人

其二

薊北秋偏早江東客未歸不知更歲序長自泣羅衣

砧杵霜華濕星河雁影稀西窗明月在腸斷是鴛機

偶成二律

高秋寒氣迥延眺獨傷心欲餉秦嘉鏡難爲莊舄吟

客愁千里外鄉夢五湖陰若憶登臨處迢迢不可尋

其二

一自辭鄉國漂搖類轉蓬刀環徒有約尊酒竟誰同

風急催寒角霜空度早鴻遙憐潞河水千折到江東

秋夜寄許甫草

槐樹沈沈鼓角催愁看清露滿荒苔金風入樹秋陰薄壁月臨窗夜色來獻賦未知　聖主意行吟還使故人來天邊鴻雁南飛急悵望江南首重回余部詠詩七月廿六日已呈　御覽故有獻賦未知　聖主意之句

答贈丁繡夫二首

獨棹孤舟慘別顏夢魂終日繞吳關春來無限新楊柳惆悵東風不忍攀

其二

昨歲昌亭酒相攜向碧潯誰憐一失所借別到如今星漢三秋隔風霜五夜深傷心看候雁何處寄歸音

寄懷袁文生黃平子二子

二子今名彥相逢意自親金鞭曾試馬羅袂共留賓
薊北雲沙暗江東花鳥新那堪思往事回首欲沾巾

有感三律次陳子長韻

燕山秋望逈霜露曉來多直道原如此吾生可柰何
天寒驚歲序親老泣風波却憶談經日淒涼橫笛歌

其二

深秋西署冷兀坐意悲哉笑傲應憐我艱難孰愛才
異鄉嗟客久故國少書來不作窮途哭誰知阮籍哀

其三

欲盡平生語艱辛敢自陳已成鉤黨禍莫忌獨醒人
名辱憐詞賦時危聽鬼神　君門真萬里流慟向青

旻

送人還江南

八月霜清木葉催天涯惜別　帝城隈風塵作客三秋暮鄉土驚心萬里迴東府山川天闕近南徐潮汐大江來故園橘柚垂垂發滿目商飈迥自哀

送姚子上還荊州

御苑秋高樹色微送君擁傳出王畿青蘋風急催征棹白雁霜清炤客衣山接虎牙寒峽險江連鵲尾暮潮歸却憐憔悴幽州客矯首空嗟兩地違

九日同陳子長飲分得十五刪

太息今年重九日羈棲無處望秋山寒花炤眼傷遲

暮自雁低空獨往還西署漫傳燕市酒南冠頻泣楚臣顏最憐舊日登高地碧嶂丹楓未可攀

即席再用前韻答贈子長

北風驅雁度燕山落日頹垣炤客顏豈有絳囊傳令節漫因黄菊憶鄉關陳遵意氣誰堪並沈烱漂零尚未還無那少年俱落魄秪應潦倒酒徒閒

再和子長

禁城秋曉雨如絲把酒荒臺感歲時已見凊霜催旅鬢那堪斜日上花枝曲中風土羈臣淚笛裏關山客子愁莫道舊游星散盡比來傾蓋愧君知

感寄

荒庭獨坐起悲歌抱病誰憐在網羅歲晚氷霜生白髮秋來書札阻黃河李膺賓客飄零久庾信文章涕淚多忽憶去年高會日絳紗縧管正婆娑

夜坐柬陳子長

明河如練俯城頭節序驚心逈獨愁月色遠連吳苑樹角聲寒動薊門秋鄉心萬里隨鴻雁旅病經年繫鵜鴂惆悵逢君多難後不堪重說五陵游

白頭宮女行

長安女尼妙音者本崇禎時舊宮人後出居民間祝髮于北城之佛舍與海昌相國居址接近嘗出入相國家述甲申三月及宮中舊事甚悉

又言宮中侍姬都以青紗幕外約釵粱自遭喪亂香奩寶鈿悉爲人奪惟存青紗數幅猶昭陽故物也今年戊戌子以謗議械繫都官而相國亦以他事下吏因與其嗣君直方子長相見酒酣耳熱爲言妙音子旣自傷讒枉復聞妙音之事悲紅粉之飄零感羈人之淪落乃連綴其詞作爲長歌以傳于樂府云

長安女冠頭似雪曳地黃絁懸百結手執金經淚暗垂云是前朝舊宮妾一朝充選入掖香倭墮新梳內殿妝低鬟自惜青蟲小繫臂愁看絳縷長當年御極方清晏宮中屢啓催花宴雲母屏開見舞人水晶簾

捲低歌扇歌舞年三樂事殊森沈寶幄挂流蘇北宮
漫閱魚龍戲東絹頻臨蛺蝶圖二史紛披閬珠翠深
宮鎮日長無事鵲顩書從女史傳鸞雛斂向昭儀賜
昭儀明豔獨承懽促坐金床倚笑看燈簇九微長侍
輦妝成七寶自凭闌二前羅綺紛成列阿監才人幾
分別王墀草細打毬高珠箔花深吹管徹景福宮前
細椰瑇瑁軒不閉共追隨繡鏡纏鬟嬌試馬綠綈隱
几倦彈碁春花秋月年華換掖庭宋寞腸堪斷素手
繙書教小王紅顏對食憐同伴漢宮中自相配偶謂爲對食自從
羽檄擾秦川遂使官家少晏眠五夜刺閨頻報警三
春合殿罷開筵幾載天顏慘不樂中宵獨坐占芒角

砲火新開内教場詔書屢下文淵閣閣門封事日紛
〻督府潼關復覆軍幾部黃巾殘豫楚千羣青犢下
宣雲宣雲處〻名城隳倒戈自啓居庸鎖闕下交馳
告急書殿前望斷平安火軍鋒倏忽逼神京一夜都
人已數驚内苑左貂羣揖盗團營飛騎半翻城〻上
弓刀爭内向蒼黃無復蓬萊仗獨御金鞭視九門空
頒鐵券封諸將白馬青袍捲地來君王長嘆下平臺
口詔内人從避寇手持愛子共銜哀可憐十葉漢天
子海竭山崩竟如此複壁寧教伏后藏佩刀自刺清
河死珠傷玉碎滿曾戚宮車無那赤龍迎猶有黃門
曾殉主豈知紫闥竟屯兵自憐白首深宮住欲問家

山渺歸路潛脫霓裳出九重却尋月徑依雙樹一托香臺已十秋每談遺事自生愁室中漫禮金仙席夢裏還隨玉輦游惆悵生年遘陽九戒珠持遍甘衰朽仙家龍種尚飄零賤妾蛾眉亦何有我來故國幾沾翰摩娑銅狄北風酸昭陽舊侍悲通德長樂姬人識佩蘭從古存亡堪太息淒涼無處尋遺跡麥秀偏傷過客情柘枝還下宮人泣

秋雁篇

長安八月金風起旅雁飛〻度龍木共道連翩傷九霄寧知迢遞經千里千里隨陽道路賒揚聲接翼向天涯銜蘆欲避金河雪唼藻還依玉溆沙〻頭日莫

秋蕭索夜火如星亂栖泊江路由來足稻粱雲間却自多矰繳矰繳連天何處飛氷霜滿目未能歸月冷關城哀響過風廻汀渚斷行稀可憐歲晚爭飛急羽翮摧頽去安極拂霧宵傳紫塞書驚寒曉雜朱樓笛誰家少婦倚朱樓忽見孤鴻淚暗流玳瑁床空紅粉怨茱萸帶緩翠蛾愁〻心幾度音塵絶擣盡寒衣向秋月詎憐明鏡歇容華却恨狂夫限城闕城闕遥〻落雁低青蘋碧石五湖西何如長住吳江渚不使年〻有別離

冬日同子長賦限韵立成

歲晚驅征雁時窮泣鮒魚漫憐同難久還憶結交初

越石原無罪文通未上書白雲空在眼腸斷望鄉餘

冬夜同諸子飲方坦菴先生齋即席賦呈

月落層城雁度哀南冠相對暫銜杯天涯兄弟情偏苦江表山川夢未廻穿徑已荒庾信宅思家莫上李陵臺夜深何處吹羌笛腸斷鄉關是落梅

夜同子長過方婁岡學士賦贈

絳蠟沈沈焰眼紅氷天歷歷度飛鴻披帷莫厭經過容把酒應憐患難同夾巷鼓笳喧北寺中宵星斗動西風十年冠劒銅龍署回首君門歎轉蓬

送張繡虎南行和陳相國

經年西署相依久忽送征車恨若何　嚴譴已嗟同

放逐餘生那更歷風波新亭樹色臨江盡京口濤聲到海多萬里故鄉猶在眼憐君重得暫經過

戊戌除夕偕諸子集陳素菴先生齋即席同直方子長賦

促漏催寒盡官梅逼歲新不堪今夜酒相對異州人鼠逐存餘齒艱難愧此身傷心瞻北斗明日　帝城春

己亥正月朔夜同子長小飲口占

條風淑景動　皇州孤客相逢尚滯留萬里共傷多難日三春誰記少年游姓名讒枉悲青史門次凋殘累白頭遥夜思歸不成寐角聲吹徹五更愁

人日同子長賦

支離棘寺逢人日，强進芳尊倍愴神。鳳闕綵花稀到眼，龍沙遷客自相親。人遙南國書難寄，律轉東郊柳漫新。忽憶去年偕計吏，正驅鞍馬大河濱。

答贈陳子長

驚座聞名久，相逢即故知。片言深契托，九折共艱危。伏闕書難上，懷鄉調自悲。帝城春色早，腸斷向南枝。

正月九日同子長望月

客心愁不寐，坐見月華移。只自臨遙夜，寧知異舊時。光連闕樹迥，寒入苑鐘悲。遠憶金閨婦，顰蛾恨別離。

元夕同直方子長賦

寂寞闤闠少客過聽殘更漏復如何自將杯酒酬佳節不為艱虞廢嘯歌月繞庭柯春色靜風傳城角夜聲多遙憐燈火千門裏繹繹雕輪度玉河

春雪篇

此予童時所作也今年浮繫西曹見積雪綿旬凝堦不散因記憶錄出以正素菴先生然語多忘失復為點翰以視向製略更四五矣先生及直方子長皆為屬和遂併記之

玄飈吹不已一夜起巖陰漸覺輕寒侵曉幕俄驚飄霰遍春林林端駢望光如曙六出霏霏挺瓊樹秖道

尋芳鳳苑春誰知吹雪龍山暮龍山雪色舞空來沾
花拂栁自徘徊金屏夜掩疑含月綺戶晨開悞落梅
誰家小院湘簾濕幾處高樓羌笛哀數聲羌笛天如
練珠斗年光君不見積素遙含翡翠窓凝暉深焰鴛
鴦殿鴛鴦殿裏耐春寒少女妝成自倚闌歌扇半遮
憐粉薄舞衣乍點惜花殘海神昨日車輪度雪花落
盡長安路玉房客坐進蘭尊繡被薰爐分桂炷桂炷
沈一樂未央可憐春色半飄颻剪成綵勝無顏色夢
繞梨花總斷腸梨花匝樹春歸蚤鱗亂空階愁不掃
班女何須怨白團王孫空自思芳草草色凄迷紫陌
曛那堪飛雪正紛紛三時花月知何處下里覆缶瓿

憶君瓊瑤滿眼難憑折黃竹哀歌自凄咽已悲搖蕩任迴風護惜飄零在韶月春情日莫嘆蹉跎白雪漫天可奈何惟有東瀛雙玉馬庭前依舊散陽和

感示子長

夜靜危鐎刻漏頻客中對爾倍情親非關刀筆嚴持法自是聲名解悞人獻弔湘潭悲宋玉竄身遼海泣崔駰南天望處堪腸斷榆柳江皐已莫春

閏三月朔日將赴遼左留別吳中諸故人

薊門三月柳堪折玉關遷客肝腸絕結束征車去舊鄉矯首天南恨離別憶昨胥臺事俠游才名卓犖凌王侯黃童雅擅無雙譽温嶠羞居第二流相將日向

春江曲闔廬墓前草初綠綠鶬春風客似雲珠簾夜月人如玉少年行樂恣游盤夾道飛花覆錦韉按歌每挾茱萸女駐馬頻看芍藥欄筵前進酒題鸚鵡一日聲名動東府擬從執戟奏甘泉耻學吾丘能格五去年謬應公車徵駿馬高臺幾度登自許文章飛白鳳豈知謠諑信蒼蠅蒼蠅點白由來事薏苡偏嗟罹謗議賦就凌雲秪自憐投人明月還相棄身嬰木索入圜門白日陰沈欲斷魂北燕漫說騶生哭東海誰明孝婦寃銜寃犴狴悲何極慷慨陳詞對巖棘幽怨空教托楚辭嚴威竟已[redacted]秦格忽承　恩譴度龍沙邊草茫茫去路賒名列丹書難指罪身投青海已無

家銷魂橋畔誰相送一曲蘆笳自悲痛皂帽慚非避
世人青山何處思鄉夢鄉心日夜繞江干江柳江花
不復攀萬重關塞行應遍十載交游見欲難從此家
山等飛藿滿眼黃雲橫大漠自傷亭伯遠投荒却悔
平原輕赴洛一向氷天逐雁臣東風揮手淚沾巾只
應一片江南月流照飄零塞北人

西青雜記卷四十三

# 秋笳前集卷五

練水盟弟侯玄泓研德撰

漢槎吳季子今之賈生終童也出其餘技爲歌詩才名籍甚吳楚間與予遇于虎阜抵掌莫逆遂出詩編屬余弁語予結髮誦詩自成童時常與兄弟朋好跌宕江湖有唱有答然終不能名一家十餘年間洊被傾覆羣從凋喪鄉者雕蟲末技兵燹散亡而予益頽然廢放漸欲聲華如溝斷散櫟以不才求全矣雖然風雅之原聲情之本酒酣狂來向能爲季子言之夫詩之爲用者聲也聲之所以用者情也豳風二南二雅三頌或出于婦人小夫銜口率志之作或出于元

臣碩老諷諭賦述之言泳泆休明抒寫道德情盛而聲自叶焉遂登樂章歌薦朝廟此天下之眞聲也若夫情曼者其聲嘽情伉者其聲厲情危者其聲烈情豫者其聲揚是數者雖詭于和而情之所激皆足以鏗鏘律呂感動鬼神相鼠之詩其聲卒山樞之詩其聲迫迫且卒而仲尼不刪者爲其情眞也眞故不諱其激有激極而和之勢焉此亦聲亞也六季三唐刻鏤組繪南北二宋披猖卒埜聲情交叶什無二三何大復常謂唐初四子音節可謌子美調失流轉予初韙之然究其所撰明月篇聲浮于情學者從是矯宋元之過相與規步音響趨摹格調而天下之情隱者

亦大復爲之戎首也數十年以來聲盛者情僞情眞
者聲俗兩家之說戛然不入而其不諧眞樂則同終
亦成其兩僞而已矣予雖稍有窺見自愧能知而不
作悠悠塵濫莫可爲盡也竊願爲季子以其髫齔之
歲嶇江楚弔沅湘指衡霍劍槊相摩龍虎爭搏華年
盛氣掉臂出沒乎其間故其爲人英朗雋健忠孝激
發凡感時恨別弔古懷賢流連物色之製莫不寄趣
哀涼遺音婉麗情盛而聲叶非季子其孰能及之而
予回首昔時與兄弟上潯陽經廬嶽分曹課句睥睨
爭雄銜杯一笑江波振起今日獨與季子談河山之
變遷數風雲之滅沒燈炧酒闌騷屑偃蹇其能無樂

極而哀來婆娑而弔影乎雖然季子伯兄弘人以其文章器識領袖羣彥仲子聞夏撰述英多一時屈讋與予兄弟交十餘年猶兄弟也季子出而玉振之予不孤矣遂書之爲其詩序

# 秋笳前集卷五

吳江吳兆騫漢槎著

## 詩四

# 秋笳前集卷五

吳江吳兆騫漢槎氏著

## 春日篇

亭皐三月東風吹匝道烟花豔綠圍十里紅潮連翠岸千重碧樹起珠帷侯家別墅春如織芳林繁囿連雲日蘭沼輕波泛紫鴛蕙樓高影巢玄鳦樓陰架址碧嵯峨窓户玲瓏盛綺羅日映翡帷銀蒜靜風微珠綴玉鈴和鈴聲隱隱花間起榆錢雪落覆明水數蝶伍飛香草中流鶯細囀垂楊裏毿毿垂楊滿碧郊遊絲百尺亂烟條陌上繁陰臨玉道隄邊香霧鎖虹橋虹橋一望明于素朱軒紺幰紛相度錦障新開灞水

園羊車近出長安路長安此日正妍華幾處樓臺映晚霞翠韝香細初調馬繡袷風輕試問花綠疇去去芳埃逐油幕生光照平陸帶織茱萸耀紫珊鞍裝杏葉團紅玉玉鞭時向狹斜行弱絮繽紛綴道傍鬭雞坊裏花初滿走馬臺邊柳正黃柳黃花滿相凌亂由來此地稱華豔日暮徵歌趙李家夜來貰酒胡姬館十五胡姬不解羞伍鬟輕倚鈿箜篌私結紅羅邀上客自矜脂腕整搔頭年年歲歲爭遊冶挾彈探丸空藻野南陌方看千騎來東皇又擲三春謝三春風日自陰濃落盡梨花鎖院中聞道西園芳草路羅衣迎暑送春風

## 金陵篇

高皇昔日起西吳手掀靈旗問獨夫旣向龍沙開絕漠遂來虎踞建神都燕子二潮通海浪鴻郎萬雉俯江波江波去去無窮巳城中宮闕參天起鳷鵲連延抗碧臺鳳皇甯篠園玫𡯂隱隱長橋水卧虹沉沉華闕霞含紫圓井春寒露索高上林花隱風弦細蘭錡鉤陳七寶鞭深深紫袖寫便嫻畫靜烟花金殿杳宵嚴鐘鼓玉珂寒七校隊齊仙仗外羣公珮響翠華前日麗朱城百萬戶氣廹皇圖三十年文皇爲念邊城苦欲卧燕山留北鎻竟從鹿輅策關中難仍牛首稱天府一自宸旒去紫臺遂令南內瑣青槐玉女窓寒

風斷續景陽鐘歇月徘徊銅溝不膩紅妝粉金屋空
餘烏韭苔轆轤聲斷虢鴉曉宮莎含日春秋早獸環
深閑寂難知鉤盾蕭凉無復掃時見朱櫻薦寢園獨
看碧草蕪馳道列聖相傳海內平侯家甲第起紅塵
十二重樓連鳳翼三千複帳結鴻紛香車半卷油幢
暖畫閣全傳水調清舞愛弓腰碧繐轉歌殘子夜玉
鈎明綉户宵籠雲母扇晶盤曉進月兒羹既傾燕尾
臨芳沼還問桃根向石城石城年少如鷹撇腰下吳
鈎凝紺雪挾妓酣歌玳瑁樓揮鞭驕試金錢埒檀槽
撥軟貼龍香紵弦絲斷施鸞血獨來陌上恣矜嬌放
犬呼鷹樂未消醉拭芙蓉輕一諾笑擲珊瑚賭百驍

絳衫香襲浮雲鞚紫艾光承明月刀明月高高照芳甸秦淮宛轉澄如練汀上銀沙篤露華堤邊珍樹吹花霰錦纜風迴榜唱微蘭橈波細簫聲轉簫笳清吹滿皇州夾道芳塵掩畫樓睡鴨香濃初按茜鳴蟬梳罷學藏鈎街喧蘭葉迎珠勒隊簇桃花映綠韝綠韝珠勒紛馳逐誰知禍亂來相促九逸驚從代邸來三星更向東山簇江表雖飛晉氏龍中原已失嬴家鹿競傳寶雉集丹陽南紀欣開司隸章酒置新亭風已異鑾回舊內日重光瑯琊方擬戎衣定仙人又進昭陽讖馬控青絲自壽春鴟銜黃紙沉江乘聞道哥舒已棄關猶矜監牧能行陣宮門不見幾傳烽君王還

狩豆田中淚盈秋雁開黃帕艦列晨鳬渡阿童鄭畋迎鑾思敵愾傷心豈料成青蓋較戰無聞朱雀航負恩竟賣盧龍塞拂廬罽幕遍京華園廟蕭條擁塞沙轒轀亂度臺城栁觱篥寒攏上苑花可憐壞道哀湍急陊門夜靜荒燐碧雪暗焚宮泣玉牀風酸辭漢悲銅狄黃頭洗箭唱兜離故老吞聲淚綆縻仁壽鏡懸精衛怨茂陵書去子規嗁金釵歌斷臨春閣秋颸槐葉紛蕭索已歎三千落劍花漫期十八開蓮芍回首南朝事惆然月明麋鹿故宮前獨有石頭春水碧烟波夜夜送潺湲

長安道

馳道春風晩長楸落日斜按鷹來戚里挾瑟向侯家紈扇平陽月珊鞭宣曲花君王方好武新拜李輕車

洛陽道

戒曉開平樂華纓滿洛陽風花亙錦障歌吹競紅妝金埒新調馬銀鈎學採桑鬬雞殊未返知是就陳王

塞上曲

羽檄夜徵兵嫖姚下椰城邊烽連戰氣隴樹聚秋聲月落金笳冷風高鉄馬鳴歸來報天子獵火萬山明

塞下曲

萬里覓封侯金鞍被錦裘弓懸龍塞月角度雁門秋白草迷孤障黃雲斷戍樓應知漢都護持節到涼州

紫騮馬

蹀躞蘭池馬，鳴鑣出灞川。氣驕垂柳側，嘶斷落花前。鞭影懸絲鞚，衣香拂錦韉。方隨驃騎去，羞向畫樓邊。

劉生

年少扶風客，驕行繡陌傍。期門新挾彈，長信舊爲郎。輕薄徵紅袖，矜趫脫紫韁。獨來春草獵，名姓滿咸陽。

關山月

明月照邊州，交河迴不流。五原征雁斷，六道戰雲愁。鐵甲寒生白，銅焦夜帶秋。誰憐樓上女，腸斷大刀頭。

雨雪曲

關山千里雪，客子事長征。銀磧雙鵰沒，冰河一騎行。

雲橫青海戍烽掩白登城辛苦金微外嫖姚未解兵

班婕妤

君王憐燕啄棄妾似飛蓬輦路苔文暗簾鉤露彩濃秋風傷擣素夜月怯窺紅豈怨成孤寢私心託守宫

銅雀伎

井榦倚清漳朱顔送豔陽繐幃春漠漠陵樹月蒼蒼紅斷閒裙蝶鶯歸罷笛牀遥思魏宫夜歌舞奏名倡

晚眺寄計甫草

夜色蕭條萬里開愁人臨眺獨徘徊浮空遠碧天邊盡不斷荒烟樹杪來孤障風高悲鼓角春濤日落映樓臺只今戎馬迷南北且向袁絲問俠才

寄楚黃王涓來

相思空唱梅花曲，夷甫行藏近若何。目極江湘千里暮，書傳關塞一鴻過。潯陽潮落笳聲壯，笠澤天高戰氣多。好去買山尋鳳侶，莫教風雨泣卷阿。

送人之越東 即席分得蕭字

平原春草莽蕭蕭，遊子乘春訪石橋。舟渡雲中觀海日，人從天際聽江潮。赤城東去霞標盡，閩嶠南開龍氣遙。倘過嚴陵逢釣叟，可能回首憶吹簫。

雜詩 同楊俊三作

黃鵠凌風飛，翩翩橫九垓。秋風何蕭瑟，長鳴有餘哀。
我生亦何爲，栖栖隱蒿萊。圓景依中天，繁星蝕其輝。

朱華耀芳林嚴霜瘁其荄昭王久已死誰起黃金臺
壯夫固有時無爲長搶攉周周顧羽毛安知橫絕才

其二

少年好遠遊駕言適沅湘廣川激清波惠風蕩紅芳
走馬陽雲臺流蘇何飄揚天晴春草細平原浩茫茫
飛身接雙兎倒捉青絲韁南楚多俠客相逢大道傍
解鞍藉草坐飛騎徵名倡是時暮春初新鶯滿高楊
絲管雜鶯聲歡樂方未央自擬今日遊百歲可終常
豈意迅商來吹我還舊鄉棄彼繁與華攉藏守空堂
青鮫競飲食玄豹擇文章扶搖倘我借矯翼凌扶桑

其三

上山採芳杜岩阿多薄陰東風媚春華枝葉自相尋
之子渺不歸歲月日以侵憶君新婚時相於同錦衾
今君遠行役悠悠隔江潯門有車馬客云來自桂林
牽衣問夫壻言阻湘水深庭中有好鳥命儔揚清音
而我竟何如紅顏坐相零寄君幸努力無使妾傷心

其四

家世爲漢將生長遼城東秋高塞草枯從軍出雲中
具裝懸吳鉤雙鞬捷秦弓烽烟四面動旌幟紛相從
列營砂磧間白日昏蒿蓬邊聲薄暮起肅肅生嚴風
黃雲合凉野千里無征鴻倚劍登高原慘淡秋天空
漠南苟未夷意氣難爲功轉戰蘭干山連摧燕支戎

天子坐建章馳詔嘉爾雄功成入西京甲第何崇隆
嗤嗤草玄者鉛槧守固窮

其五

植蘭華池邊微芳隨風宣託身君子室令德隨人姸
高樓有佚女獨宿方盛年年頗十五餘蛾眉澹新臙
含情理修帶垂手春風前不怨盛年移但期靈條還
豈學倡家女河間夜數錢

白紵辭 和弘人大兄

曲瓊半上朱筵張蛾眉促坐調銀簧月華燭燭光滿
堂爲君起舞樂夜長七盤迅赴婧服揚香塵欲動江
南璫安歌進酒君莫忘無爲向隅空自傷高堂歌舞

殊未央烏唬喔喔催扶桑

其二

臨高臺披重幄博山爐委芳氣馥還攜美子揚清曲玉柱高張調何促袖長管急消華燭春風澹澹吹微波豔陽欲去可奈何忘情且任金巨羅不見高樓春盡傷青蛾

長安有狹斜行

三輔盛遊俠逐逐長安中長安何翕赩冠蓋相紛溶道逢兩驕人叩叩問何從答言少年時結交槐里翁二十屬期門侍獵長楊宮池陽宣曲間日夕陪射熊家本俠者徒賣漿非鳴鐘一旦拜恩澤磬折來羣公

大息大長秋小息右扶風朱軒交華屋賓御殊瓏蔥善宦自有因矩步非所容佳麗及春妍歲暮難爲工

漢武宮詞

戲罷魚龍幸柏臺期門十隊翠華開甘泉宮裏傳銀燭聞道君王夜獵迴

開元宮詞

春來水殿鎖潺潺阿監傳呼召玉環十部龜茲齊度曲夜深歌舞到花間

行路難 和吳海序計甫草

翩翩炎洲翠溫理何娟好羅家工射利雲罕張林杪凌霜觸雪辭故枝羽毛瑟瑟如蓬葆海鵠嗷嗷鳴雲

中顧此憔悴心煩忡念君雖微同鳳族胡爲戢翼羈雕籠爲君稍網得歸去相將飛入三珠樹

其二

漢武好神仙五利爲通侯爲言仙人好樓居囂塵雜沓難淹留不如雲卧向山去文貍赤豹同遨遊又聞山鬼居窈窕幽篁含睇來相求吾聞君言何太矯人生立身苦不早平原據地歌金門安能寂寂長烟草盛年易戢時易沉秋風不駐紅顔好不見濟南終子雲上書十八乘朱輪

其三

文仲昔戰死乃歌平陵東平陵多松柏一一生悲風

憶昔全盛時侯家一何雄父爲漢相子侍中香貂翠羽交君宮門前雙旌相照耀領麾東郡驅遊龍一朝彎弓雪漢恥相從獨有陳家子新都欲來赤鳳死嗟爾慷慨徒爾爲連頭且入陳都市汝南小兒何齪齪不歌義公歌兩鵠

子夜歌 和顧茂倫

儂傍大堤頭問歡在何許那得木蘭橈載儂到歡處

其二

棄妾高樓上羞看春草肥蛾眉何用掃夫壻已翻飛

五日觀競渡因憶楚荊 一百韻

佳麗蘇臺畔烽烟郢樹邊懷人空悵望撫景自凄然

草木辭春晚魚龍隱浪偏天涯還戰伐江左競讙闐
射粉羌笳後箏芳塞馬前楚山雲黯淡吳練水潺湲
爲憶三閭賦翻悲五日傳千門待女浴萬户命絲纏
榴暖紅珠火花明紫玉烟水嬉仍舊俗競渡又今年
鳳舸沙棠艦鳧車文杏舷古謂舟爲車如水馬之類波輕飛畫檝
風急蕩淪漣雜沓奔潮壯蒼茫亂影漩錦帆紛沼沚
絲管倒盈川擊汰淫簫鼓橫流駴鮪鱣櫂歌聲的的
橈吹思咽咽白馬晴洲合黃頭麗服鮮靈胥小海唱
九淖盪崖譏繡幟凌風直牙標映日圓輕髻吹雪擾
跳沫激珠連翼翼蛟初駕滄滄鷺乍旋飄搖首尾捉
宛轉舳艫便直欲橫朱氾何心遠鏡懸兩甍開蒱帳

一徑驊華軿鑾帶隨綵遠香臍向客嗎縱橫青雀舫
歷亂碧羅韉蕩子金羈簇佳人玉袖聯徵歌看決鬭
倚扇醉嬋娟盡矢觀濤樂徒誇拾翠嬛傷心誰獨苦
招屈自摧煎倏忽簫鉦歇如同霧雨遷曲終江寂寂
戲罷瀨濺濺對此原增慨于今益惘焉山陽思舊笛
水畔斷腸絃荒莽湘皐月蕭條漢渚荃峯青空七二
雪白渺三千彼美遊無處蘋花益可憐昔予知子上
意氣遠同堅萬里曾貽佩孤懷願執鞭澧蘭香澹澹
沅芷影芊芊神往都無隔書來各勉旃但期長悌篤
未共李膺船是歲逢圜棘家翁實秉權阿房求杜牧
麈尾識張玄辛苦梧桐咏沉吟芍藥篇帝娥方鼓瑟

令史早書氈策奏蘭戍射人看玉筍姸門生袁氏貴
賓客衛家賢夢斗還相次登龍獨秀先師資誠契合
風雅故便翺西錦朱華燦滄碑紫字鐫向袞嚾伏氏
年少逼僧虔粉署荀香合華堂謝舞翩才名矜藻麗
出入豔神仙黃鶴晨停馬青翰夜點箋覲藩雲母隔
覔妓雪兒眠綺席輕于蕊羅衫薄似蟬筆裁鸚鵡賦
身侍雁池筵論議皆希逸交遊悉仲宣曲高雄楚國
文似獻甘泉計吏車方飭和門檄又遄霓稍新市滿
月羽下江梴畦固窺襄郢尤來出澗渥軫圜蒼七里
雉射陣雙甄殺氣橫譙角妖星孛翼躔六麋俱麗箭
九虎競鳴弦絕障軍聲斷嚴關戍火延登陴非棘令

逐寇失楊璇，無復金湯恃，空餘鐵騎騁。赤亭强弩散，玉壁戰樓顛。突豕彌逵道，封狐騁陌阡。城崩寒日慘，野哭晚風羶。骨壘涔陽側，燐迷明月巔。（峽名，在夷陵）王孫淪戮辱，（荆有惠藩）甲姓困拘攣。愚叟山難鑿，兖禽海易填。中原當板蕩，吾道此屯邅。惻惻遊燕客，靡靡正促駽。望雲因思切，聞難遂言還。曉色臺城角，凉飈夢澤天。（予上計偕至金陵，聞荆州陷，以母夫人在，遂歸）秋深恆慘黷，道阻屢迴沿。淚豈無家別，愁緣憶母綿。趙苞悲血灑，溫嶠泣裾牽。入里人皆異，窮途恨詎蠲。修陵防藕植，木末懼蓉搴。高蹈懷龍首，遐征致鶺拳。弋鴻羅矗矗，鉤貝網箋箋。壯節羞全瓦，兖徒誓碎瑄。美陽胃自穴，酒士志寧悛。

烈烈鋤蘭户倉倉擗蕙櫋江寒烟霧澀波潤蜃蛟猨徐衍終沉海彭咸竟赴淵魂辭蓼莪苦身向汨羅全霜色宵侵漢虹光晝蝕燕華亭存唳鶴蜀道響啼鵑視死君能定浮生世尚耑舊交龍戰盡新事鳳歌捐阮籍徒埋炤靈均漫索篿楓林哀易合蘐草怨難痊寂寞泉臺夜飄零故國爲繁華今滿目誰念大招篇

美人篇 和聞夏二兄

妾家近住石城東掩抑高樓花作籠叅紅自澆邕家宅約素偷施紅守宮宮粉亭亭競初日慵來却掩珠窻立屈戍屛開夜影空葳蕤帳捲春風急春風畫閣倚新妝麝月輕安待約黃垂縠鴛紋裁繡被飛纖龍

子點羅裳羅裳玉袖朱顏好櫻雲亂擁梳風早誰持翠羽惜盈盈羞期油璧同小小烏唬白門楊柳春緘怨相將去踏青上頭不見東方騎小立還聽西曲鶯西曲長干遊俠路三三五五窺紅步掩映珠袍花際明迢遙金絡林陰度就中年少最閑舒賣眼揮鞭指妾居三條未剪連枝錦雙烟先上合歡襦看君看妾多輕薄相於兩兩微波託貽我羅纓白玉纏贈君銅鏡黃金錯妾心對此倍纏綿願約他時並碧絃鳳皇曲奏羞中夜鸚鵡環留俟七年年華倏忽芳菲歇鳩媒謠諑佳期絕騁望蘋花杳未歸相思荳蔻長離別離別休歌楊叛兒羅帷原未侍恩私飛飛自泣東南

雀叩叩空乘西北期庭前落盡五桃樹思君渺渺行何處謾勞桃雪助春娥空拭紅巾垂玉筯玉筯雙垂暗自傷秦籌楚雨掩空牀同聲自矢鴛鴦約羞學侯家弄秋香

## 金陵

漢家居重兩京開度邑龍盤實壯哉黃屋切雲雙闕迥朱門不夜五侯來蕩舟桃葉迎鴛袖邀笛梅花近鳳臺莫道江東非戰地徐常曾負折衝才

## 夜次京口

高城樓堞倚天開瓜步鐘聲隔岸迴夜月迴臨江樹遠春星遙動海潮來南徐士馬推雄畧北府風流憶

賦才回首桓公高宴處短簫横笛倍堪哀

揚州

江南佳麗地風月更揚州花隱王孫殿春還太子樓舞衣低步障歌榭出箜篌日晚隋堤柳烟條鞚紫騮

登漢陽晴川樓 時逆獻已陷蘄黄

雕窻繡柱俯高樓檻外鶯啼杜若洲麗日曉開孤島樹晴雲春入大江流鄂君青翰焚香卧神女芳皐解珮遊牢落不堪頻縱目臨江烽火正淹留

岳州

城頭山色倚嵯峨不盡羣峰積翠過地擁樓臺三楚麗湖開南北五溪多黄陵夜静湘君瑟青草春生夢

澤波欲向芳洲搴宿莽美人無處奈愁何

湘陰

二月逢寒食三年寄短亭山空春雨白江迥暮潮青芳樹連巫峽歸鴻落洞庭嚴城有刁斗蕭瑟未堪聽

兄弘人曰金陵至湘陰六首皆家弟紀遊舊作也時年甫十三而境地便已爾爾才非康樂而家有惠連諷詠未周爲之三嘆

君馬黃 贈張九臨

君馬黃臣馬蒼君馬蘭筋臣馬瞳方絡我白蜃珂著我鉄裲襠金堤十里春草長鳴鞭蹀躞交輝光君馬雖不言中心自摧傷自念龍媒姿呈瑞來咸陽玉山有嘉禾剉之爲餱糧天子見我三嘆息傳呼協律爲

歌章雄姿嬌嬌雪毛赭肉騣律律桃花香問君剪拂爲誰子安陽秅侯來相當須臾人事如轉轂駿雄棄置遺空谷傷心忽遇狹斜見玉鞭金絡相馳逐君不見武帝宮中苜蓿稀茂陵蕭瑟秋風辭安陽旣去秅侯死銜寃伏櫪空傷悲

東飛伯勞歌 同計甫草趙山子作

纖腰麗女長裾后流鶯乳燕春相守誰家遙豔瑣窓前調絃拂柱情留連流蘇翠帳鴛鴦茵明眸微睇羞自陳可憐十五新嬌面妝成婀娜遮團扇東風綺陌冶遊多狂夫猶自戍交河

秋夜 同楊俊三作

命儔出江郭坐嘯臨層厓涼飈發商氣碧樹何霏微
皎月鑒幽榭微霜散華墀澹澹長河流噭噭孤鴻哀
楚人怨遲暮客子嘆露晞含情易爲感念往空滋悲
絲桐自有音女蘿自有枝桂水渺無極憂思徒自知

冠霞閣同顧茂倫趙若千晚眺

香閣鬱崔嵬登臨野色開黃雲高古戍落照隱荒臺
笛思迎寒切砧聲入暮哀蕭條天際雁幾日故園來

秋感八首　甲申九月在湘中作

楓林搖落迥蒼蒼歲暮天涯黯自傷永夜星河翻夢
澤高秋風雨暗瀟湘三年作客清砧斷萬里懷人叢
桂長憑眺欲尋西澨佩數聲漁唱起滄浪

其二

楚望還登王粲樓參差吹徹木蘭舟風清桂嶺猨初嘯雨歇蒼梧瘴未收帝子怨深瑤瑟夜美人心折白蘋秋却憐故國多芳草幾度登臨賦遠遊

其三

西山陵闕鎖幽宮羣帝神靈想像中銀海雁寒虛殿月玉衣香散夜臺風天高朔氣妖星動地入邊笳御宿空禋祀萬年開北極只今秋祭更江東

其四

楚宮八月下欃槍宗子誰傳帶礪盟雲夢旌旗還去國章華臺榭更開營珠囊夜泣三湘雨玉馬秋迷六

詔兵（楚中諸王避地黔粵者半爲夷獠所掠）聞道至尊思叔父蠻烟渺渺動皇情

其五

齊豫諸軍盡北來淮淝山色戰雲開九江潮穩飛龍艦萬騎風高戲馬臺殊錫競推王導貴折衝空憶謝玄才先皇恩澤知無數誓衆應多縞素哀

其六

遥傳陶侃駐江干三户兵戈血未乾甲帳紫貂多縱寇牙門青犢半登壇（左侯麾下半係降將時有賜蟒玉者）嚴城落日征烽急絶塞迎寒畫角殘共道楚軍工戰鬭却教鄢郢路常難

其七

千里平沙接大荒襄中風物自蒼蒼漢江暮掩孤城白戍鼓寒沉落照黃逐寇健兒驕玉馬觀軍中貴擁銀鐺可憐高纛重圍裏却使君王策廟堂

其八

長沙寒倚洞庭波翠嶂丹楓雁幾過虞帝祠荒聞野哭番君臺迥散夷歌關河向晚魚龍寂亭障凌秋羽檄多窂落楚天征戰後中原極目奈愁何

計甫草曰此漢槎十三歲時作也悲凉雄麗便欲追步盛唐用修青樓之句元美寶刀之歌安得獨秀千古

秋日感懷八首

麗譙落日旆悠悠一望中原動九愁羌笛關山千里暮江雲鴻雁萬家秋咸陽羈旅傷王子漲海功名憶少游桂水只今新浴馬懷人何處命扁舟

其二

獨夜商歌倚劍看陸沉空憶舊長安王孫江乘金鞭去公主清河玉袖殘白露園陵遊月冷黃雲城闕射雕寒最憐京洛蒙塵後戰血年年只未乾

其三

關河歷歷想雄圖飛將旌旗更有無紫塞風烟征雁斷朱鳶驛路瘴雲孤憑城早已亡羊侃鳴鏑何曾畏郅都却憶故宮遊幸處月明永夜照金鋪

其四

舊國樓臺極望中蔣山松柏野烟通烏嗁玉樹陳宮靜雲散金屏晉殿空代馬長嘶愁曉月邊笳遙夜動秋風江流萬里投鞭斷誰向西州泣謝公

其五

西來烽色炤神京十載干戈在北平劉氏黑貂空喪落秦川白騎竟縱橫種瓜誰識通侯貴奉璽還誇僕射名極目長陵秋色遠金鳧玉雁不勝情

其六

易京西去古雲中白骨黃沙感慨同皇甫度遼兵甲盛慕容歸晉羽書通兵殘馬邑頭空斷箭盡蘭山恨

未窮最是將軍臺畔月夜來猶自照洿宫

其七

花外陳家結綺樓翠支甲帳侍宸遊珠簾夜静千門月金井寒生六苑秋建業山川收王氣華林歌吹度邊愁翩翩不少歸朝客猶向江南說黑頭

其八

萬木蕭森帶遠烟吳峰吳水氣蒼然孤城搗素秋風裏遠戍吹笳落照前東郡未忘丞相澤凉州猶共永嘉年故人嶺海知無恙長劍單衫倍可憐

贈友

朱華媚朝日空景相澄鮮浮雲覆長薄迴風澹圓淵

駕言采三露遊思泛五烟靡蕪揚曾芬清澗流潺湲
玄猿坐長嘯鼯子爭接肩舍此嘆息去孰辨葹與荃
豈無蕙蘭姿孤芳竟誰宣運會有代謝人事多推遷
苟非遭逢早愚賤同棄捐勗哉玉臺藻明時幸相全
毋使秋節至零落悲紅顔

夜讌吳閶

涼飇起高樹飄颻吹我衣繁星耀中天光景炤四垂
華鐙樂遙夜歌舞歡相隨清商發皓齒妍迹揚玄眉
吳客歌采菱曲度何靡靡綺麗盡今夕沉湎忘所歸
憂人獨愁思散步臨堦墀金波澹欲落河漢清且微
願隨晨風翔一舉凌朱羲安能坐長嘆時往不可追

送康小范之廣陵

吹笛離堂意自勞朱軒繡軸映蘭膏論文客路憑樽酒惜别天涯脱佩刀舊苑池臺江雁下秋城笳鼓海風高傷心莫問當年事司馬墳邊半野蒿

寄侯記原

吳城皦水路逶迤歲暮汀洲雁影遲秋到梧宫人已去書來桂嶺事堪悲江潭憔悴空長恨故國蕭條有夢思何日重頒元朔詔羽林躍馬備孤兒

寄侯研德

相逢吳市賦彈筝此日猶傳舊姓名傭保已能藏李燮酒徒何處問荆卿悲歌草土黄金盡落魄江湖白

髮生無那南來消息斷珠厓烟雨倍傷情

哭友

當時痛哭向秦庭豈意風塵老歲星報國陳豐還寂寞破家張儉獨飄零十年亡命烏頭白千里思君杜若青滿目山川征戰後遙憐何地更傷靈

秋夜篇 和弘人聞夏兩兄

八月清商下素柯曲房閒館夜凉多玉階窈窕流明月畫閣玲瓏度絳河絳河耿耿秋風裏千門萬户秋如水霧斂銀牀蟋蟀催凉生綺沼芙蓉死芙蓉小苑照三星玉繩泛豔夜冥冥博山不暖黃金屋寶瑟森寒雲母屏屏風幾曲流空影深宮此夜羅裳冷秦女

牀中漫卷衣甄妃塘上思遺枕枕獨床空百恨生遥遥魚鑰警層城鍼樓羅綺霜華滿甲觀簾櫳露彩明露彩盈盈閉深殿沉沉宮漏催虯箭共傒羊車殊未回遥聞鳳管愁相見別有離人妝鏡臺哀猿促柱夜徘徊羅帳輕作聞葉墜珠簾斜掩待螢來螢來葉墜年華換金釵棄置空長嘆啓篋羞看舊舞衣開緘祗益新邊怨怨別誰家淚未乾可憐夫壻滯臯蘭關山莫寄鴛鴦被粧閣長悲翡翠環翠環去去無消息門前碧草遲行迹旅雁寒飛只斷腸牽牛遥指空沾臆斷腸沾臆迴生愁北斗闌干對桂鈎征人紫塞三千里賤妾紅閨十二樓樓上銅龍聲漸咽交河一戍同

胡越香緩蘭衾夢未成寒侵蕙幌愁難歇蕙幌蘭衾妾自傷黄姑欲没月低梁思君空有刀頭約誰念深閨秋夜長

三婦豔三首

大婦理蟬鬢中婦斂蛾眉小婦獨無事臨砌折花枝風吹合歡帶山開見紅暉

其二

大婦調絃罷中婦採桑歸小婦好容貌對鏡試羅衣相將向南陌日夕遲青絲

其三

大婦掩羅幬中婦弄鴛杼可憐最小婦盈盈私自語

斗橫花影低抱衾向郎處

## 望遠曲　并序

望遠曲者本陳君皇士題也皇士身隱牆東情馳天末有懷難語暫寄託于長歌獨處含愁惟留連于短翰貞女之于不字慾期十年怨少婦之生離于今八載蘭橈桂水尋郎未逢銀洞珠宮思歡不見嗟乎任天長而地久流恨無窮縱海濶而江深銜冤何極各成七律聊代五噫庶幾聞者動心言之無罪云爾

碧窗十二掩春紗楊柳門前是妾家笛裏新聲憐宋偉鏡中好面問秦嘉空堦鎮日銅蠡靜芳徑無人碧樹斜拭盡橫波紅玉斷狂夫猶自滯天涯

其二

粧成日日思氤氳沈水香爐好憶君蛤帳夜來空似

月瑤姬夢去自爲雲佳期漫借金蟲在遠別羞看玉燕分惆悵江南無限路楊花只向曲中聞

其三

憶君南渡桂陽川芳草天涯路渺然夜夜愁心依楚月年年消息隔蠻烟八蠶絲盡流黃素雙燕哀纏寶瑟絃迢遞他鄉飛破鏡空垂玉筯到花前

其四

寂寂紅閨漏水長黛眉如結坐啼糚茱萸帳捲春無力玳瑁窗虛夜有霜腸斷似憐琴上曲愁多還蹙額間黃相思剩有青陵樹賤妾何曾樂宋王

其五

瑲琅深鎖斷經過塵鏡朝朝掩黛蛾豈有鴉雛粧薄鬢空持龍子映纖羅青驄郎馬騎何處碧玉情人恨幾多曼臉已甘憔悴盡不堪重唱永新歌

其六

鳴蟬無復去時粧不捲羅茵掩畫床幽夢好憐珠被薄離愁還怯鳳簫長山頭朱履思公主城外青砧泣女郎誰念鴛鴦七十二分飛依舊上君堂

其七

晴絲漂泊不勝愁手綰明璫上鳳樓待月半舒銀屈戌隔花遙聽鈿箜篌靈芸壺內承紅淚卓女絃中怨白頭欲薦彫胡誰更共石城艇子自淹留

其八

誰家遙豔隔墻東幾曲屏山笑語通翠羽小釵能却月石華廣袖半從風羊車人去春臺閉鳳腦香銷夜被空縱使金燈都化盡一生還入楚王宮

其九

合歡芳樹鎖春烟吹罷瑤笙意欲仙婀娜魚車逢嶺上躊躇翠蓋隔鑪邊定情早贈琉璃匕密意微傳白玉鈿最是謝娘多薄命却教長恨五留連

其十

朝日簾櫳粉態新羅衣如霧不勝春殷勤連瑣知傳語的歷珊瑚自濕唇輦上誰看團扇妾山前空問織

縑人斛珠縱買芙蓉色未必輕身屬季倫

其十一

三星不動絳河沉銀閣迢迢燭影深明月窓開遺玉導繁霜曲罷脫金簪臺荒粉蝶三生別隔浦單鳧五夜心却憶繁家偏邂逅素絲猶得結雙絨

其十二

門前怕對玉驄驕夫壻天涯歸路遙堦草長時人萬里庭禽囀後緒千條綃紅夜濕鮫人淚帶緩春消楚女腰何日團圝迎入室鏡臺重整畫眉嬌

贈祁奕喜

蘭槳春濤發櫂謳興來重泛五湖舟胥臺麋鹿非吾

土江左衣冠異舊游已見酒家藏李燮誰從幕下問王修十年東府中丞節雙戟凄凉淚未收

江樓晚晴懷丁繡夫

西閣憑闌久雲山望裏賒斷霞江上樹殘照野人家草色迷春雨鶯聲隔暮花思君空極目愁絕似天涯

登穹窿山

茅君山館鎖崔嵬曲磴盤雲積翠開曉樹遠從吳苑合春濤不盡越溪來石壇清磬千崖靜碧殿疎鐘萬壑哀見說仙人丹鼎在只今何處是蓬萊

贈宇三朱子

楚江三月柳枝斜連璧風流自可誇綠酒每彈湘女

瑟蘭橈曾泛渚宫花十年避地音書隔萬里思君道
路賒今日尊前重論舊愁看郢樹在天涯

懷侯研德

日暮相思谷水陰故人消息任浮沉督郵無事惟吹
笛園令多情自鼓琴蘭藥池塘春雨遍棠梨簾幙晚
雲深最憐高閣登臨處夢渚湘山夜夜心

寄遠

烽火頻年意若何懷人遥隔洞庭波碧雞奉使功名
薄銅鼓迴軍涕淚多灘水瘴高迷楚望湘山日落聽
夷歌最憐帝子南巡路黃竹凄凉少雁過

題穹窿道院

山靄微茫掩薜蘿坐來岩閣望嵯峩清霜碧澗松聲靜急雨丹崖鶴唳多銅闕千年空草木瑤壇五夜動星河方平去後仙遊少欲問飈車奈遠何

席上贈張子

日夕山堂草木深相逢偏作越人吟尊前空盡新知樂笛裏難傳故國心玉壘宦遊思劍外銅魚鄉信隔江潯干戈十載成漂泊矯首南雲淚滿襟

上巳同丁繡夫禊飲

桃花曲水遶芳洲筍履尋春春事幽遲日樓臺楊柳岸微風簫管木蘭舟天晴茂苑鶯聲合雨歇橫塘草色浮一自羽觴修禊後風流誰憶洛濵遊

七夕贈車瑞香

銀浦斜迴玉露團，短筵瓜果曲闌干。白榆夜色珠簾淨，碧樹秋光翠袖寒。取石幾年悲帝子，穿鍼此夕憶長安。漢家往事誰堪記，腸斷宫中賈佩蘭。

秋日贈九臨和旣庭作

憐君失意卧滄洲，品藻曾推第一流。張儉姓名傳北部，羊曇涕淚在西州。芙蓉玉露荒江靜，禾黍金風舊國秋。却憶當時詞賦客，酒壚零落竹林遊。

送人歸楚

秋水樓船榜客歌，送君遥渡楚江波。仙人遺閣看笙鶴，神女荒臺怨綺羅。故國十年歸雁少，清湘千里暮

猿多洞庭南望蠻烟黑武帳西風正擁戈

寄懷姚子上

南沙烽色照江來吳楚山川望裏開白馬波濤當日恨黃貂臘祭幾人哀猿聲夜接巴中樹雲氣秋高峽外臺聞道渡湘曾作賦漂零誰念賈生才

遺事

夜雨挑燈到草堂偶談遺事一沾裳南溟日月蓬萊外東海樓船牛女傍甲帳惟聞稚晉鄙滄洲何處哭田王鼎湖龍去無消息目斷神仙水一方

送甫草入都

載酒江亭問客程東風惜別故人情天邊楊柳吹龍

笛日下雲山繞鳳城花發御溝春駐馬月殘宮樹曉聞鶯侍中知有楊莊在誰薦雄文似長卿

贈舊李侍御伍戶曹李蜀人伍楚人也

草堂深住五湖間羇宦天涯尚未還冠蓋幾人依逆旅烽烟何處望鄉關鑾雲不斷蒼梧郡蜀道難通玉壘山苦憶漢家全盛日朱衣銀燭殿中班

題茂倫隱居

顧歡高臥處經歲掩柴關雨色低春樹雲陰散曉山池荒侵草碧簾捲映花間薄暮歌聲起應知採藥還

絕句

可憐鳳腦香是君別時物投着博山爐青烟竟不滅

其二

城北連城南，日夕望歡子。不及春蠶絲，纏綿爲君死。

送宇三歸楚

江南七月秋風飛，短亭尊酒送將歸。金飈驛路吹橫笛，碧月江關照客衣。朱游別我故鄉去，五兩風輕向何處。鄉心空憶武昌魚，旅夢還隨漢陽樹。憶昔作客瀟湘濱，畫船寶馬驕如雲。黃陵廟前鷓鴣雨，赤甲山西莎草春。與君相見情傾倒，嵇呂交期何足道。藉卉頻傾銀酒鎗，看花曾駐金騕褭。誰料風塵鄂口城，華年行樂怨飄零。楚宮羅綺夷陵火，湘山草木下江兵。只今淪落江湖外，蘆中誰識投金瀨。對酒空悲舊事非把袖還憐故人在滿目山川恨若何洛中遺事泣銅駝陸機自草辯亡論劉章漫作耕田歌握手須臾又離析秋水滔滔浪雲白亂後相逢總斷腸天涯惜別應沾臆君去還乘下渚船江花江草自堪憐不知庾亮樓前月猶有風光似昔年

同旣庭敬生天一諸子及家聞夏集繡夫齋中時旣庭將有越行

銀盤絳蠟照金杯深夜相逢綺席開宋玉風情神女賦丁儀文筆建安才秋生海樹孤雲淨木落江門早雁來醉後不堪頻送遠離心一夕越王臺

九日舟行同旣庭繡夫秉呈敬生及家弘人

聞夏

夾岸蒹葭起白鷗片帆斜照越江流金風雁下空潭暮錦樹霜凋野寺秋九日樓臺堪極目十年車馬憶同遊龍山舊是登高地綠酒黃花逈自愁

旣庭來江城忽爾卧疾詩以問之

西風吹葉到銀床行子秋來別恨長自是言愁推衛虎獨憐多病問嵇康青楓客舍寒飛雁玉笛高樓夜有霜何事倦遊偏寂寞音書一月滯江鄉

偶成

眞珠簾箔杜陵花倡粉盈盈襯曉霞斂笑自低雙雀扇避人還上六萌車墨粧犀道傳宮禁素手銀箏本

内家惆悵窈娘西去後那堪重到玉鉤斜

送人還荆州

不盡關山路憐君襆被遊冰霜增旅鬓砧杵亂鄉愁
雁下荆門晩猿啼峽樹秋十年羇宦地回首仲宣樓

客夜有懷

一燈愁獨卧永夜客衣單星月臨江靜樓臺拂曙寒
悲笳霜外斷清漏夢中殘忽憶西園會笙歌滿玉闌

送人之湖南

一樽南浦外惆悵是離羣客路砧聲苦江程樹色分
雁飛衡岳雨帆入洞庭雲桂水東流急秋風不可聞

甫草都中歸賦贈

白袷歸來倦洛塵陸機詞賦未沉淪共知開閣延名士不向乘車問故人毳帳風沙三市月玉河烟樹兩宮春却憐原廟西山裏石馬荒凉麥秀新

送人歸秦中

離堂絲竹對銜杯結束征車曉色開海内交遊千里夢天涯兵甲一人回雲分華岳高仙掌日落秦山見紫臺武帝樓船還寂寞秋風汾水雁聲哀

山齋晚眺懷朱子蓉

多少懷人意蒼茫獨倚闌翠屏秋雨歇錦障夕霞殘草色含風細鐘聲度澗寒芳蘭堪贈遠無那隔烟巒

擬唐人送宮人入道

十年歌舞屬昭陽曾侍更衣鳳輦傍忽洗翠娥辭柘館還簪玉葉覓蘭香碧壇笙磬春風轉丹殿星河夜漏長繾綣舊恩猶在臂願隨武帝白雲鄉

古意

虬水沉沉漏未央博山火煖坐焚香明河半落紅閨夜旅雁遥飛紫塞霜斗帳輕寒悲玉枕藁砧微月擣流黄可憐萬里征人夢誰寄音書到白狼

春遊

東郊行樂地極目散春情烟樹珠樓遠晴雲碧嶂明玉珂調細馬柘彈落流鶯日暮揮鞭去笙歌滿鳳城

柳絮

禁柳花將暮長楊絮欲飛空濛疑雪聚淡蕩逐風歸只自依朱綴誰憐撲酒旗隋堤餘態在偏艷晚春時

送宋旣庭之浙中

樽中桑落酒水上沙棠舟謝公自愛剡中去相如還作臨卭遊城隅攜手與君別楊柳凋殘那堪折樹色秋迴海岸雲潮聲夜落江亭月江亭南望惜離羣一片孤帆下夕曛商飈木葉西興路愁絕清砧夢裏聞

湘水曲效齊梁體

佳期渺何許日暮湘山岑翠華千載沒江流空至今蘭芳楚皐綠雲起洞庭陰欲識相思苦瑤瑟有哀音

夜集贈余澹心

浮雲如蓋俯林丘良夜花明雜樹幽綠酒銀樽催客醉珠簾璧月照人愁西園詞賦思高會北里笙歌感昔遊辛苦過江談士在傷心誰數晉風流

贈袁文生黃平子

鳳城二月柳枝黃日日經過對羽觴雅量自來推叔度風流今喜得袁昂玉河烟樹三春麗金市笙歌五夜長同是臨邛詞賦客何時簪筆到明光

與舊史

衡門蕭寂掩蒿萊念爾行藏未易才更始舊臣馮衍在朔方遷客蔡邕來望中鄉國空三户亂後文章有七哀搖落淸秋邊邑裏援笳愁上北風臺

虎丘題壁二十絕句有序

妾劉素素豫章人也少隨阿母育於外氏長姊倩娘雅工屬文刺繡之暇每教妾吟咏自是閨閣之中屢多酬和丁亥之歲姊年十八嫁于某氏妾時十六髮始總額阿母以妾許聘于同郡熊生生一時貴公子也是年豫章大亂妾隨母氏避亂山中既而北兵肆掠遂陷穹廬痛母姊之各分念家山之入破肝腸寸斷血淚雙垂薄命如斯眞不減土梗浮萍今歲某從役浙中彼人以戎事滯迹白門因停舟吳閶門外以俟其來兀坐篷窻百愁總集因覓紙筆作絕句二十首以寫其哀怨之思夜半

詩成竊與侍婢泛舟虎丘弔貞娘之墓因粘詩寺
壁欲與吳下才人共明妾意嗟乎峽裏猿聲鏡中
鸞影千古哀情在此詩矣
天明吹角數聲殘百將傳呼上玉鞍却憶當時閨閤
裏曉妝猶怯露桃寒
其二
一別慈幃已十年倚門消息有誰傳莫嫌見去增悲
涕阿姊猶堪在眼前
其三
愁對吳閶江水春願憑蝶夢去尋親遙知今夜南昌
月獨照高堂白髮人

其四

一身飄泊到江湄淚落連珠那可揮薄命不如春燕子年年猶傍舊巢飛

其五

欲說相思已斷腸多情却逐野鴛鴦他生願入天台路流水桃花候阮郎

其六

氈裘貂帽捲風沙紅粉飄零自可嗟已逐烏孫成遠嫁鄉心幾度怨琵琶

其七

自入穹廬已數春香閨行樂付埃塵黨家太尉眞傖

父强炙羊羔勸美人

其八

回首家山似斷蓬蛾眉欲畫怨春風自憐憔悴無人問惟有慈親入夢中

其九

遠隨邊馬到榆關紗罩雙眸任往還夢斷故園雲樹裏可憐誰是豫章山

其十

昨歲從軍下武昌征帆夜半過潯陽起來遥望漳門樹不得隨風到故鄉

其十一

滕王閣下動飛旌鐵柱宫前畫角聲惆悵從軍星散盡却教紅袖落邊城

其十二

暗把香綿拭淚流相逢巳分此生休隴頭流水聲嗚咽未抵蕭娘一半愁

其十三

夜夜思君夢裏迴朱門舊事總成灰妾身巳逐楊花去辜負溫家玉鏡臺

其十四

深深芳草葬紅顏滿地飛花染淚斑莫道貞娘多薄命猶勝青塜在陰山

其十五

滿目東風散柳絲虎丘山寺獨題詩吳下才人知不少也應腸斷蔡文姬

其十六

憶昔雕窗瑣玉人盤龍明鏡畫眉新如今流落關山道紅粉空嬌塞上春

其十七

鎮日思家自倚欄朱愁粉瘦更誰看相憐惟有湘江竹抱笋抽篁淚不乾

其十八

長將幽恨訴空王一盞禪燈淚數行死去縱教偕鳳

侶人間那得返魂香

其十九

江行曾見豫章人欲寄家書淚滿巾我欲南行君北去相逢空說故鄉春

其二十

對酒難禁紅淚垂天涯何日是歸期愁心却是春江水日日東流無盡時

秀笏齋集卷三

# 雜體詩序

西陵同學弟陸圻拜譔

原夫河梁贈答實肇風徽鄴下歌謠漸多辯麗五言之盛可得而言然如子荆以零雨見珍康樂以春草特妙以至司空兒女之玼延年雕繢之累莫不性取獨適家罕兼善譬之觀魏闕者蘭錡之第橫陳入越都者緷絻之榮不愜此言殊軌者易爲工而通方者難爲巧也乃若醴陵創調雜體名詩箎簧匏管九吹之變悉和橘柚樝梨一啜之鮮不御庶幾力同貢獲才甚驃騎眞天姿之備孅人外之絕智矣然世風代降擬作爲繁薛君采馳騁嗣音王弇州條列羣品頗

多虎賁之形不失虞丘之貌而今時如吳子漢槎者辭爲南國之宗名在延陵之季遠隨羈宦遇閣題銘近同傷亂當筵流涕身賫油素無不推其轡文容比珊瑚俱欲爲之作架斯固三虎之稱偉節八龍之有慈明矣乃復以銷暑放愁幽居綴藻踵江生之後綜諸子之長循其時次亦擬作三十首上自宣城下迄司隸景物興會仰溯曩符神韻格調取高前式所謂雕組之文本異杼而均炫于目芳香之草不同岑而皆襲于裾也至若太元天監既不一揆河右江左亦又二致居南服者未識傖面產北方者不曉吳語斯固物理之自然實非品類之難協而吳子形容著勝

阿堵之蘊悉傳刻畫中規縱橫之態已極狀如胡寬營新豐而鷄犬競識仲謀捫屏上而蒼蠅欲飛斯已奇矣後有作者先河後海則吳遜文通祀近祧遠則吳盛王薛豈非記室之後勁好事之深憂也哉

# 雜體詩序

雜體詩之擬始于謝康樂盛于江文通其言謂楚騷漢風既非一骨魏製晉造固亦二體然蛾眉不同美而俱動于魄芳草不同馨而悉悅于魂非性情使然歟予友吳子漢槎衞子冰清謝家玉潤翩翩雋逸望者疑神仙中人及讀其詩則又氣體高妙波瀾獨老盧駱王楊之藻采李杜高岑之風則無不兼備蓋擬議之迹化天然之致勝也使與北地信陽並驅中原尚當退避三舍矧歷下長興諸公哉今秋予過松陵漢槎出擬雜體詩示予聲情慷慨格調悲凉大有山河離別風月關人之感焉仲宣流連于漢南子山羈

旅于江北帶甲滿天笳歌動地文人遘會其時性情實有相符者胡霜金柝之章蕙草闌干之句信可以鑠謝淩江矣豈云團扇秋風芙蓉綠竹取古人之眉黛代一已之萱蘇巳也酒酣耳熱凉星三五戲語漢槎歲月不居風流易散後有作者于弘人研德甫草茗文俊三武功諸子未知當作何擬漢槎其操不律以豁我愁乎

吳門同學盟弟宋實穎既庭拜題

# 擬古後雜體詩卷六

吳江吳兆騫漢槎著

## 詩五

劉庶子孝威咏月　庾開府信咏懷
陳後主叔寶禊飲　徐僕射陵春情
沈侍中炯自傷　陰常侍鏗送別
張散騎正見汎舟　江僕射總羈思
魏特進收喜雨　盧武陽思道贈別
李內史德林消夏　隋煬帝廣塞宴
楊楚公素山齋　薛司隸道衡酬憶

# 擬古後雜體詩卷六

吳江吳兆騫漢槎著

## 謝吏部朓省直

鴛鸞壯九重鳷鵲拒雙闕金莖麗綺霄珠綴延華月
扶宮鳳吹揚周廬虬水徹高栁承檻低珍卉映堦發
伊予荷薄弱謬登建禮闥鳴玉慚俊民抽簪謝往哲
歸歟嗟滯淫懷哉嘆遙越何時返初服山海恣遊陟

## 王寧朔融遊邸

得性身自餘服理物斯辯初地既容與朱邸聊遊衍
芳草被蘭唐鮮飈流桂殿素波汎文禽綺疏來早燕
雲陰散松凉露華承蕙轉空墀綠篠深幽石蒼苔徧

遐哉塵外鑣天伐從茲遣

江記室淹楚望

驅馬出楚宮逍遙望嶙峋軌路遶江皐巖巒俯城闉
雁下長沙渚山入蒼梧雲餘霞帶遠岫曾暉媚遙津
氣清漢坻合烟盡荊流分佳期怨遲暮羈孤傷美人
綺羅空徙倚簫鼓奏悲辛韓娥渺難作徒令憂思殷

梁簡文帝綱閨思

紫臺君遠戍青波妾獨居其知離夢杳詎信合歡疎
絃中悲別鶴簾外聽懸魚瓊鉤臨戶永金漢度窗虛
約素腰逾細窺紅眉未舒思縈歸燕後愁劇擣衣餘
願托交龍錦千里寄長榆

梁元帝繹述懷

鄂渚樓船擁荆門幕府開麾軍占霸氣拓地想雄才風清朱鷺發塵飛紫燕來芙蓉依劍合蘭葉映旗迴別騎通明月前驅下大雷浮蛟三翼動射雉兩甄催扇憶顧榮畧笳分越石哀幾時平日域一爲寫雲臺

沈特進約三日

新陽開上巳淑景發皇州修楊蔭馳道芳樹夾高樓槐里盛遊俠蘭池來子侯宛轉銀平脫縱橫金絡頭宜春雜花發小苑鶯聲流珠袍映日轉綺幰逐風游鬬雞歸下杜走馬出長秋懽娛盡永日薄暮還相求翠釵時獻笑蛾眉詎含羞結風張女彈防露楚妃謳

但營九春樂安知百年憂

范僕射雲貽友

暮春事耕作荷鋤適南岡日夕巾車歸桑榆曖頹陽
稚子前致辭有客登中堂旌車耀里閭徒御盈道傍
華纓何飄搖金羈自生光物情忽明義榮悴爲低昂
自非同門友疇能顧窮鄉鮮柯無槁葉寒谷有嚴霜
臨風播遠情懷思徒慨慷

邱中郎遲宴別

華鐘啓未央鑾輿戒平旦微風舉翠華澄霞照瓊弁
林長羽騎疎地迥鳴笳徧天采散繁陰綿羽流餘轉
聖朝重明牧介弟臨淮甸虎竹分壯圖樽酒延皇盼

微臣愧作頌明義詎能展

擬吳興惲擣衣

閒房汎虛景夕户引離歌珠簾浮素月羅幌見明河思繁幽怨集桄獨夜情多誰憐懷日逐聊復理雲和雲和凄以清悲君尚遠行鳳城宵露結龍沙秋草生遥樹聞花漏虛堂掩畫屏寒衣何處寄刀尺自傷情蘼蕪增永慕芙蓉空掩嫮君猶塞北衣妾擣城南素碧樹下涼颸金茗凋白露連娟斂秀眉窈窕迴纖步步帳肅秋陰長廊叩夜砧短衣催急節繁杵散哀音涼生紅袖薄霜潤翠環沈不念關山遠妄知賤妾心妾心空宛轉臨篋倍殷勤連烟裁鳳子細綺織鴛紋

坐愁金井葉永睇玉關雲九秋徒有恨千里一思君

庚度支肩吾侍宴

期門宵警蹕輦路曉迴鑾屬車開月羽容衛載風鳶
曙色新豐遠春陰太液寒文鶯留綺樹華桐媚遠山
珠旗花際出瓊鈒柳中看縱帷麗平野綵吹震長巒
宛轉魚龍戲紛陳爵馬盤分禊羣工醉賜酺萬方懽
徒知薦綠水空愧頌猗蘭

何水曹遜示寮

重巖嵐翠渺荒薄烟光聚晨月媚空波落星帶江樹
的的洲迴帆蒼蒼山寫霧風緊曉猨悲霜空孤雁度
漂搖行旅情棲遲遊子慮懷人思故山撫舊傷往路

幽期既巳乖賞心庶能遇眷此平生懷悼兹年歲暮
方謝金閨彥去采瑤岑露

蕭東陽子雲望春

蘅皐生薄陰槐路耀鮮旭遵野協幽情臨高送遠目
烟柳晻春隄風花盈霧谷遊客彯羅纓都人馳繡軸
綺榭日華新金溝波影綠拾蕙自容與采蘭性幽獨
一卧茂陵園空想藍田曲

虞常侍羲北伐

漢家事遠畧飛將出遼西遼西亭障遠驚沙千里飛
邊秋橫殺氣戎馬咸精肥交河隴鴈少凉州塞草衰
黄雲斷烽火嚴颷動鼓鼙鳴鏑響空磧高旗動落暉

絕漠樓煩騎陷陳羽林兒胡霜金柝冷邊月蘆笳悲軍前獻當戶鼓下坐閼支揚旌高闕塞振旅蹛林祠功成班勇爵塞靜脫戎衣勳名詎終極人事無長期羅綺方娛樂金石已潛移蕭條瀚海外萬古起雄思

吳朝請均春怨

朝日下房櫳微風蕩簾幙百草媚芳春孤妾長漂泊蘭徑蝶雙飛玫砌花空落含情羅帶賒緘怨親梳薄遊絲不繫愁折柳詎行樂悽斷玉關書長悲金枕約空梁有燕歸虛檐見蛛托燎絕博山爐塵染葳蕤鑰羅衣欲寄誰鸚樽徒自酌春雁有歸音鑒此平生諾

徐內史悱酬友

疎龍起漢闕踐華表秦城山川開險介樓觀壯神坰
麗譙侵漢遠崇雉入雲平乘墉時絕目西北見咸京
桂宮通複道柘館抗飛甍光風金爵舉斐雲露掌明
三條躍飛燕九市揚華纓少年負豪俠結客飛英聲
五陵爭博進三河習射生思逐驃姚戰羞邀劇孟名
何當逢漢主負羽出幽幷

劉秘書孝綽歸沐

逍遙出瑣闥還顧望曾宮鬱鬱迎風觀繁樹遠青蔥
滄池含宿霧徼道隱長虹棨戟分平右冠簪入鏡中
梅落文梁迥蓮披藻井空洛予羈薄宦弦望已三終
塵纓愧方結初衣嗟莫同幸遲司隸舉寧思武騎通

美人盛文藻作賦儷雕蟲時厭承明內言訪灞陵東
據地憐方朔好事慰揚雄還期命芳醴折芰奏絃桐

劉庶子孝威咏月

城烏嘑未歇顧兎已飄颻只自臨遙夜寧知隔兩鄉
風輕楡未落露濕桂無香寒入哀笳斷光侵雁柱涼
征人鸞朔苦思婦鳳城傷歛恨低珠箔含嚬掩玉觴
破鏡空相憶刀環莫暫忘倘遇交河使知妾日靚妝

庾開府信咏懷

公主思鄉館將軍出塞臺共此關山別誰憐舊國哀
歸路胡雲斷羈心羌笛催南音終日操北雁幾時迴
玉椀無消息珠簾有刦灰唯餘灞陵岸王粲獨徘徊

陳後主叔寶禊飲

春芳開禁苑，佳麗啓層城。柳弱銅溝暗，花舒綺殿明。廣塲陳曼衍，遠樹出干旄。景移金埒馬，風度石城鶯。蘭雲隨舞聚，桃扇倚歌輕。列侍紛紈綺，雜坐盛簪纓。吹雲鳳管合，激水翠樽盈。懽洽追南館，樂闋指西清。

徐僕射陵春情

春歸嚴氣解，草長豔陽還。銀箭傳遲日，香篝減薄寒。蟬扇迎風淺，羅衣入晚單。纖柳分黃約，倡桃學錦檀。年芳意際度，花勝鏡中看。殷勤懷蕙草，留取寄闌干。

沈侍中烱自傷

中郎來北海，班生返玉關。舊京方改步，行子巳凋顏。

花疑狼望雪樹隔隴頭烟猶驚鳴鏑騎空拊大刀環
澤葵棲廢井衰楊望故山甲帳空零落金輿遂不還
悠悠建鄴水徒自送潺湲

陰常侍鑑送別

理舳臨南浦停鑣送北征可憐遊讌地還作別離亭
草歇吳洲晚潮歸楊子平蕭條隨去雁悵望抗行旌
新知空復樂遊子正含情明月金樽掩春風蘭槳輕
思君憐楚調寄遠托秦箏悠悠千里別應悲李少卿

張散騎正見汎舟

仙郎初賜沐上客事行遊試出千金堰還登雲母舟
蘭橈廻枉渚錦筰向芳洲雨歇花疑暮風歸雁帶秋

碧澗文虹飲丹岑夕景收未曾繡披擁先聽朵菱謳

江僕射摠羈思

麗譙秋引霧睥睨晚棲烏瘴烟生桂水蠻雨暗蒼梧簾疎山靄合帆斷海雲孤平野歸遊騎長天落遠鳧望鄉深別恨作客泣窮途莊舄徒思越盛憲尚留吳還悲洛陽殿無復女珊瑚

魏特進收喜雨

清陰生石磴繁雲上夕峯湘東爭起燕膠西未刻桐苔滋全汎碧花潤半舒紅風細虹簷靜涼輕翠幙空滴沼文漪散霑樹遠烟重自解吳王戲寧勞漢掾功

盧武陽思道贈別

東令持金馬王褒祀碧鷄何如秦漢驛千里撫關西
赤車矜使遠綠酒送將離曉月函關路春雲華岳祠
青門臨玉道素滻合金隄槐疎餘舊里蘭衰蔭廢池
灞岸行迴首林光起弔思塞迴看旌度山長聽馬嘶
聊持陸賈劍還開隗氏泥勞旋奏明主應見賜青驪



李內史德林消夏

冰臺聊暇豫露觀暫徑過輕飈流綺樹繁陰下素波
高窓清簟幽檻動纖羅才人絡爾織宛女采蓮歌
晶屏交扇薄玉袖倚簫和畏此沈陽麗晞髮晚山阿

隋煬帝廣塞宴

旌驅玄菟塞輦下白狼川魚雲開毳帳雁磧斷胡烟

骨都空候月金人罷祭天獻壽琉璃酒承恩瑪瑙鞭
還嗤漢武帝十載事祁連

楊楚公素山齋

卜築謝囂塵棲山樂所秉磵石結春陰磴道澄烟景
雲歸松徑清日夕蘭泉靜宵露流素暉新桐發疎引
清猨鳴樹幽風篁臨砌永絲綺有哀音美子無還軫
偃仰空山中樽酒誰爲飲

薛司隸道衡酬憶

念子三秦役愁予千里分吹簫還獨息對酒已離羣
離羣日以遠王孫殊未還碧草晝芳菲綠波春晼晚
春晚歷芳洲相望空悠悠日麗蓮花影天清竹箭流

流年不相待忘憂無復采長懷白首期還睹素衣改

# 秋笳後集卷七

吳江吳兆騫漢槎著

## 詩六

補遺

[illegible][illegible]後集卷七目錄

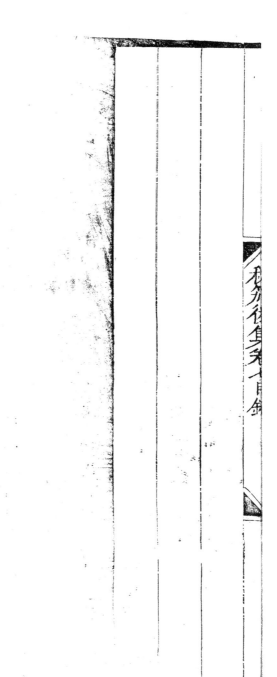

# 秋笳後集卷七

吳江吳兆騫漢槎氏著

## 撫順寺前晚眺

亂山殘照戍城東立馬蕭蕭古寺空接塞烟嵐天半雨背人鵰鶚晚來風遼金宮闕寒蕪裏劉杜旌旗野哭中俯仰不堪今昔恨欲將空法問支公

## 經灰法故城

雪峯天畔見荒城猶是南庭屬國名空磧風雲當日盡戰塲楊栁至今生祭天祠在悲高會候月營空想度兵異域君臣興廢裏登臨幾度客心驚

## 奉贈函公五十韻　師廣州人故大宗伯韓公之子也

蒼茫龍塞謫蕭寂虎溪遊白拂眞詮遠青山道臘優
風銛譚滾滾霜暎髮髟髟問訊師當日東南與儁流
尚書蒼玉珮公子白麗裘士譽烏皮几家聲龍頷侯
門方叅許史才欲駕應劉衆目爭看駿孤懷早狎鷗
寧知纓冕貴祇覺鼓鐘愁茂齒遺家室良時遯海陬
崇禎中師棄諸生入羅浮山爲僧買山心自逈作佛志偏遒猨狖遙
峯晚松杉野寺幽座看多寶出園許布金稠入定巖
花變棲禪澗雪留隨緣辭越嶠傳法過吳州夜磬牛
頭寺春帆鵲尾洲折蘆波汎汎持鉢路悠悠途值軍
鋒滿時當王氣收邊塵蒙鳳輦戰火入龍樓摻黷逢
遷鼎間關濟法舟緇衣空掩泣青蓋竟貽羞野瘞王

琳骨桁梟袁粲頭問誰歌玉樹遂爾缺金甌怨矣殷
頑事傷哉曹社謀已移劉氏臘空愴薛談謳石闕悲
三日金烏哭一坏裁詩祠毅鬼續些弔靈修淚盡平
陵柏哀纏原廟楸自難忘舊德何敢賦幽憂徒下遺
民泣還來弋者求志原甘鼎鑊身遂落罝罘割體非
歌利囊頭及比丘復輿何激烈岩棘屢呼囚豈是然
身誓應啞繞指柔恩仍赦欒布罪竟放驩兜空法原
無住窮荒任所投狼河雲漠漠馬窟雨瀌瀌掃雪開
禪徑披沙問犢溝一乘馴鐵騎半偈化韋韛白雀飛
仍集青蠅弔可休半生遼海月幾度朔邊秋已道禪
心靜寧增客思不大師勤囑累賤子郤夷猶丟悔荊

人獻金疑直氏偷掇蜂方見惑飼虎遂蒙尤異域山千疊孤生海一漚逝將歸湊喜愧未息紛糾玉塞哀淹泊珠林乞庇庥津梁疲燕雀身世感蜉蝣願托傳衣侶從公問白牛

送人從軍

刁斗聚嚴城高旗出五營雪開金帳色沙亂鐵衣聲磧斷山迴合軍孤戰死生開邊天子意何敢怨長征

贈秦州李生 從征老羌有功不敘

挽强天水客結髮屬幽并獨負雙鞬勇長隨五校營功遺畫麟閣力盡戰龍城惆悵甘延壽平戎賞不行

陪諸公飲巴大將軍宅

佳興南樓月正新森沈西第夜留賓圍爐捲幔初飛雪擊劍行杯不起塵四座衣冠誰揖客一時叅佐盡文人褐衣久已慙珠履不敢狂歌吐錦茵

送人之羌突里兼柬陳子

朔風邊騎逝駸駸落日沙塲送客心負羽久從關外戍吹笳空怨隴頭吟銅龍塞逈雲陰斷有銅龍長數尺許形模怪偉偃卧江上土人祀以爲神石馬山寒雪片深幕下只今誰健筆飄零不復問陳琳

讀張坦公先生所撰徵音集却贈

一編遺事淚潺湲變徵聲中慘客顔轉戰幽幷軍縞素側身梁楚路間關丘墟敢咎王夷甫詞賦空哀庾

子山惆悵白頭荒徼客龍胡當日杳難攀

張坦公先生談甲申歲河北討賊之事感賦

風塵銅馬帝城昏痛哭孤臣出薊門俠客濮陽藏季布義旗河朔奉劉琨烏號異代徒餘恨龍戰當時豈報恩赤社既移終不復空憐心計盡中原賊購公急賴張蔡二俠士以免

訓陳子長七夕見懷

毿幙寒生聽雁過一尊遥夜恨如何空憐令節催愁切無那窮荒惜别多笛裏風霜哀朔塞橋邊機杼望明河凄凄白露松花水千里相思只浩歌

浚稽曲

浚稽山色青崔嵬翠蓋香輪夾道開天畔銀河公主第邊頭金帳單于臺烏孫千馬親呈聘鸞雛九女爭來媵舊匹由來締賀蘭和親詎是因婁敬築館王庭奉義成葳蕤綠綬耀丹纓自有威儀尊鳳女特分湯沐在龍城蛩蛩氊幕開行殿紫駝白豹窮歡宴金笳激調劣吹簫珠帽流光罷遮扇從官新給羽林郎挾彈鳴鞭繡轂傍旌飄蘭葉銀平脫馬簇桃花錦裲襠射生女騎何輕利翠羽紅妝映天地窄袖鵶青綴北珠輕韡鴨綠裝西罽毿管秦箏晝夜喧貂袍三襲不知溫自矜帝子金鄉貴不羨名王玉塞尊名王舊是呼韓裔尚主中朝稱愛壻好獵頻徵鳴鏑兒酣歌偏

惜琵琶伎琵琶小伎珊瑚脣歌舞朝朝粉態新祭馬每陪青海月射鵰常從雪山雲可敦嬌妒還猜忍同昌無復犀罽忿帳下纔驚一騎來杯中已見雙蛾殞短轅彳亍恨驅牛腸斷狂夫淚莫收自甘剺面哀紅袖不念同心歎白頭荆棘滿懷相決絕雙垂玉筯霑襟血龍種寧同葱薤捐燕飛欲作東西別妾意君情各自流鴛鴦文綵掩衾裯却分蕃部西樓去別是秋風北渚愁黃沙深磧連天色可憐相望誰相憶千里金河怨別離經年銀漢無消息八月穹廬白雪高玉花寒枕夢魂勞販珠何處求朱仲緑幘寧聞侍館陶

海西沙門術何秘白馬迎來布金地畏吾字譯貝多

經龕茲樂奏蓮花偈灼爍禪燈著曙明仙梵風飄夜
夜聲黃鵠歌中思故國青鴛塔畔懺他生妝殿何心
理殘黛空王皈禮應憔悴已分猜嫌任狡童誰憐調
護勞諸妹弱妹盈盈隔瀚源黃雲千騎擁朱軒判翼
每嗟鸞鳳侶回腸偏繫鶺鴒原錦車銀磧何迢遞姊
娣相逢自銜涕爲嘆姮娥奔月來卻教須女驂星至
相勸殷勤向玉眞莫將濁水怨清塵苦辛應憶回心
院嬿婉須諧結髮人故人歡愛今從始五色羅襦織
連理重畫修蛾待粉侯休吹別鳳悲簫史願作流蘇
結不開屠蘇雙勸合歡杯五部大人齊入賀萬年公
主竟歸來從此歡娛莫相棄上如青天下如地入貢

還修子壻恩降嬪莫負先朝意伊昔先朝草昧年旌旗北望阻柔然欲將玉女傾城色遠靖金戈絕塞天絕塞西來平若水三朝屢訂施襟禮異錦蒲萄出帝家名駒苜蓿通邊市 今上彌敦兄弟歡迎歸旌節徧長安龍首貴宮中綺宴螭頭中禁並雕鞍千秋天屬恩寧歇賜予年年下雙闕沁水園中謌吹壓祁連山下鑃鍮月鑃鍮寶幄暎重重貴主繁華樂未窮莫道芳菲邊塞少春風弄玉在樓中

上巳奉陪都統安公遊飲西山十韻

假日雕鞍出乘春綺饌開相要藉草去不見秉蘭來五法元戎旆三重上巳杯倚弓憑絕嶂吹笛俯高臺

野入蒼茫迴江連睥睨迴關山消白雪城闕鬱黃埃愴怳餘寒在踟躇落景催殊方還令節久客且娛哀共識分符貴徒慚入幕才公如寬禮數長願忝遊陪

贈陳生昭令

軟裘修帶日翩翩管記風流擅朔邊趨府直登蘭錡內賦詩時向射堂前陳琳筆健元名士丁掾才多自少年譯罷石經還躍馬秋鷹原上試鳴弦昭令善國書

又

弱年憐汝滯陰關回首南雲涕泗間每向詩書聞漢語作漢語者惟吾儕數人耳漫從圖畫識閩山昭令閩人黃衫舊侶空漂泊皂帽高人自往還猶有荔支鄉思在時時歸向

夢中攀

同林生夜宿淨公房時林來自咸鏡

八月霜清塞草枯上方十里接平蕪客來海右譚玄菟僧本江東記赤烏幽咽蘆笳秋磧遠蕭條蘭若雪峯孤夜深月出聞清梵不信天涯有戰圖

送人還蒙古

松花江水寒如練七月吹霜滿郊甸行子三秋初憶歸邊頭萬里今無戰君家部曲海西涯此去王庭路正賒駝首山長通碎葉龍鱗川盡出流沙流沙天北征途絶陰磧荒荒欲飛雪馬色秋開氈帳雲雁聲曉落金笳月黃貉之裘靑兕韉具裝結束去翩翩射生

知爾誇身手好佩騂弓事右賢

冬夜伍謀公齋同錢德惟作十韻

人間塵事屏溪晚篳門幽笑共披裘侶言尋秉燭遊倚欄霜乍濕捲幔月初流燐火遥穿徑川冰迥映樓玉繩寒歷歷銀箭夜悠悠佳設逢羊曼清詩得隱侯未能依白社空自夢滄洲澹淡河如瀉崢嶸歲欲遒嘯歌行寄傲情話坐忘憂寂寂烏皮几橫琴共爾留

同陳昭令過西山蘭若十韻

禪房新雨後步屧暮山中落日精藍好遥烟積翠濛枳籬崖半繞蘿磴逕微通汀樹收殘暑山鐘落晚風樓開鳧渚北人到虎溪東虚牖飛珠瀑迴闌避石叢

藤陰簾捲入嵐氣坐來空作佛慚靈運安禪問朗公
幽期那可負佳趣偶然同月出緣溪去山山聞候蟲

與友人夜飲却贈

玉靶雕弓鉄裲襠從軍曾拜漢中郎未封燕頷家先
破纔識龍顏國巳亡終古恨深銀海月餘生夢老玉
關霜南朝舊事休回首濁酒明燈泣數行

送金譯使之朝鮮

真番天外與華同走馬看君使事雄獲蒐鑿關通極
北句驪負海出安東魚鹽肯給邊人費冠服偏存漢
代風莫道好文矜此地尚煩重譯衛王宮平壤有衛滿故宮

贈陳蓉甸

白石蒼苔小徑春飄飄野服淨無塵知君名在遺民社愛著陶家漉酒巾

又

無諸臺畔霸圖分幕府曾傳轉餉勳莫話永嘉南渡事邊頭誰識舊參軍

又

石上丹經小篆文求仙早事紫陽君螢芝採罷心無事獨倚青崖看白雲

再贈孔公

賨人昔下牂牁東雙韃騎象君最雄收兵屢出銅柱外分麾欲建珠崖功白骨吁嗟徧原野百戰誰能留

漢社一夜軍聲散鐵橋三年王氣收金馬間道崎嶇西洱濱橫刀猶護屬車塵王孫無復餘三户從者誰憐只五人海水浸天不能渡辭君淚盡烏蠻路天邊何處托王琳市上空傳哭欒布漢祖由來赦吠堯投荒恩重頌興朝夢繞朱鳶鄉國遠路迷玄菟塞雲遙南冠憔悴何人識賁畚時時騎向城陌壯節寧看羝乳時締期敢憶烏頭白盡日蓬蒿坐掩門縞衣猶記舊時恩何當更化蘇躭鶴萬里常依蜀帝魂

長白山

長白雄東北嵯峨俯塞州迴臨滄海曙獨峙大荒秋白雪橫千嶂青天瀉二流登封如可作應待翠華遊

上京城臨馬耳河在寧古塔鎮城西南七十里三殿基址皆在殿前有大石臺國學碑猶存數十字有天會年號禁城外有蓮花石塔微向東欹石佛高二丈許在塔之北

完顏昔日開基處零落荒城對碧流赭馬久迷征戰地黃龍曾作帝王州荒碑臺殿邊陰暮殘碣河山海氣秋寂寞霸圖誰更問哀笳處處起人愁金太祖破遼乘赭白馬先行徑渡混同江水止及馬腹既濟使人測之其深無底焉

擬唐人謝眞人仙駕過舊山

眞人冲舉後遺跡在青山雲壑何年别飈輪此日還鸞歌去天上鶴語問人間殘竈丹猶伏虚壇草自斑徒悲蓬海變獨對翠峰閑寄謝區中客驂螭詎可攀

送人之平遠朝鮮屬道

沃沮南繞浿江遙雪棧霜林下使軺屬國敢愁征調急行人應喜戰烟消麒麟石在山侵塞魚鱉梁開海接遼誰道扶桑天外地兵威猶自話唐朝朝鮮人相傳天降麒麟馬以迎朱蒙王王躡石而上遂乘之以升天今平壤府東門外有麒麟石

王昭君

昭君巫峽女奉帚玉階下徒自恃傾城翻令悲遠嫁前殿辭君去不還龍堆空望漢關山愁霑朔雪摧珠袖淚入邊雲損玉顏玉顏明鏡看銷歇夢到深宮轉凄咽下陳曾未識君王絕國何堪捐賤妾夜夜氊穹青海隅月明非復舊金鋪不知甲帳承恩者曾有蛾

眉勝妾無

夜宿

獨宿徂清夜淒其戍角長營開千帳月城壓萬山霜我夢還魚鳥心合虎狼莫將疇昔意歲晚怨龍荒

沙林同友人登完顏故臺

廢磴盤紆嶺色迴與君登眺暫顏開單車絕塞雙蓬鬢落日清秋萬古臺蒯劍擊殘歌自苦吳簫吹徧調偏哀最憐酒半凭闌處蕭瑟江山只雁來

會寧道中有古墟墓賦此弔之

落日孤鞍古戍邊殘碑下馬拂寒烟獨來玉劍埋魂地愁聽金笳薄暮天搖落關山龍戰後蕭條城郭鶴

歸年祁連起冢凋殘盡荒外何人尙夜泉

送巴參領之挈洛

吹角鳴笳徹野聞碧油麾盡儼星分　詔書特從眞
珠部使節先馳浴鐵羣路繞黑江三丈雪天圍白道
萬山雲奚車霤騎三千帳檄到爭看屬護軍

三月十二日河上口號

三月歸鴻滿塞天流澌日暮尙凄然自從身逐烏龍
戍不識春風二十年

奉贈封山使侍中對公

翩翩貝帶　御香衣幾載承恩在紫微銜　詔蹔從
雙鳳出奉車還傍　六龍飛彤墀日月開仙仗白岳

雲霞護帝畿應是臣心長戀闕夢魂頻向禁垣歸

贈滇令巴郡葉明德

回首岷峨限百蠻羇離十載出兵間譙玄頭鬓傷心白杜宇鄉園戰血殷數口幸逃銅馬賊一官空到碧雞山益州耆舊今餘幾簾肆凄涼老未還

又

錦城山色接昆明猿鳥聲中戰鼓鳴自著白衣來間道郄垂黃綬逐行營崎嶇虎口心猶折慟哭龍髯氣未平今夕一樽重話舊瘴雲蠻樹不勝情

又

閱盡干戈復塞門完顏臺畔戍烟昏家沈浩刦疑兵

解君族姓十口皆死于賊免者惟同產二人及妻子而已身歷窮荒識　主恩
乞活漫傷遷客賤寄書猶喜故人存穹廬風雪天涯
夢腸斷巳猿挹淚痕

又

滄波一曲繞溪新移梛栽松托隱淪王烈自成遼處
士嚴遵元是蜀遺民鶡冠逃客風簾晚濁酒看山雪
磴春共道餘生疲戰伐杖藜聊復憩邊城

詠鷹徵鷹使者貢君座上作

玉爪凝殘雪金眸暎落暉可憐沙塞翮欲傍翠華飛

奉贈大將軍巴公

珠旗錦纖照吳鈎玉踠花驄金絡頭玄塞舊傳朱鷺

曲形庭新賜紫貂裘磧開萬幕邊聲合境拓雙城戰氣收欲畫南宮誰第一功高獨有冠軍侯

奉贈副帥薩公時專鎮寧古

彤墀詔下拜輕車千里雄藩獨建牙共道伏波能許國應知驃騎不爲家星門晝靜無烽火雪海風清有戍笳獨臂秋鷹飛鞚出指撝萬馬獵平沙

繭虎追和梅村夫子

薰風妝閣問鍼神五日符懸辟厭新不見赤刀傳粵咒還從綵勝識雄寅黃衣綴就金仍甓白額描來繡未眞莫訝使君能化虎繭絲元是負嵎身

鶱鶴

玲瓏玉骨倚風疎莫向綸竿怨豫且散雪豈能侔鮫鶴凌雲何意起枯魚身餘刀俎腥猶在籠待軒握翅自舒誰道波臣非羽駕琴高赤鯉亦騰虛

蟬猴

自許孤高飲露盤求林誰作野賓看只憐風外吟枝穩那識雲邊嘯侶寒無口詎需巴客淚有緌宜著楚人冠君身可是孫供奉一賜金貂認欲難

贈陳昭令

葉葉紫貂衣秋風錦韝飛長圍不肯入獨臂海青歸

又

欲逐狐蹤去回鞭萬仞岡笑攜雙白羽射殺兩青狼

觀獵贈陳昭令

颯颯旌竿雪未休弓聲霹靂徧林丘馬嘶秋草搖珠勒鵰掠寒雲下錦韝掖彈自矜文士健揮鞭不逐漢兒遊少年樂事南山獵誰羨家聲曲逆侯

獵後再贈昭令

金笳馬上北風哀獵罷爭傳鸚鵡杯愛射黃羊重插羽欲呼蒼隼卻登臺邊雲壓地霜旌捲營火連山雪帳開明日沙林還逐兎酒酣更起刷龍媒

都統郎公奉使塞外賦此奉贈

清秋驛路淨氛埃落日鳴笳使者來早拜千牛陪鳳輦新驅駟馬出龍堆旌飛楊柳城陰晚帳擁芙蓉劍

色開多少冰天還客淚待君歸奏建章臺

又

柘弓斜月綠弦鳴珠服如星照玉纓穿禁久分中貴寵趨朝爭識小侯名每調生馬期門出獨鞚輕鵰傍輦行知爾羽林誇健手肯教馳射數邊城

送人之鴉青江

蘆管凄涼鴻雁天北風空磧暮蒼然鴉青江畔重移帳回首沙場又十年

送陳昭令之兀喇十韻

野館驪歌咽晴郊騎置行悽心看往路屈指問嚴程曉帳氊墻重春衣錦帶輕雲峯馬上出雪澗鳥邊明

林闇貂餘跡江空雁度聲年光寒食近邊色旅愁盈楊葉遙分塞松花曲抱城寧同隴頭别早擅幕中名露布推書記風流想步兵不知驚坐客何似棄繻生

春暮江上凍解同諸君放舟至白崖口賦示十韻

皛皛流澌盡悠悠放艇孤驚心惟節序遊目且江湖皀雁光初汎魚龍氣欲蘇青春生水際丹景豁天隅瀨淺聽偏響波平望或無不知風帆駛（帆一作去聲杜詩浦帆晨初發）祇訝雪峯趨旅眺還增嘆江謳亦自娛人應箏弋釣家本在菰蘆浩蕩滄洲思艱危絕塞軀莫令悲負羽從此問乘桴

奉寄安大將軍三十韻同錢德惟作公以寧古副帥擢鎮奉天

今日須頗牧，維公翊禹湯。九重頒虎節，萬里拜龍驤。自北雄天府，居東本帝鄉。官因留守重，才是折衝長。銅獸中軍法，金貂襲御香。權兼趙京兆，威著杜當陽。開幕珠旗月，行邊鐵騎霜。令嚴師自肅，政簡物皆康。坐運中黃策，行消太白芒。士心依大樹，海氣淨扶桑。舊內虛鳷鵲，新城扼鳳凰。鳳凰城在鴨綠江上遼之南境也直令三輔謐，那用五兵張。營有蔓菁種，車無薏苡裝。每嗢卿食雁，不入馬如羊。澆俗潛應改，仁風邈已翔。丹青應早畫，赤白遂空囊。籍甚功書竹，懷哉淚染裳。寇君寧復借，賈父耿難忘。途遠重關外，心悽昔座傍。

揖容長孺倨哭恕嗣宗狂一別頻玄燕千山限白狼
尙思乘月嘯入罷卷波觴衣敝鶉雙挽書騰雁幾行
報恩腮未曝述德臆偏傷窮鳥哀元淑無魚憶孟嘗
何時射柳騎重過浣花堂公望方調鼎予生且賣漿
沛宮雲正紫遼隧草初黃努力登三事從容靖四方
誰知擊壤代有客慟龍荒

寄顧梁汾舍人三十韻

昔歲家吳會諸公問越盟逢君髮未燥入座目俱成
倒屣才名早披襟意氣傾高文何粲粲雅論各觥觥
攜手慚連璧同心喜報瓊時邀山館醉每愛水樓晴
夜月褰珠箔春風敞繡楹花迴青翰小柳繫綠騣輕

麗曲能調管新詩卽譜箏漏隨銅史促杯爲玉人擎但任嵇生誕那知許邵評譽方推二妙語不數三明往事星霜改新愁關塞縈子悲玄朔橘汝謝赤墀櫻老去餘華鬓書來自素誠恨恨詢謫戍欸欸話平生跪讀烹魚字悲吟別鵠聲風流如在眼雨泣颯緣纓末契嗟何托良儔歎莫并栖遲成北叟浩蕩寄東瀛暮齒家何在窮荒歲屢更將同溫序夢幸似宋人盲軍府以予短視特免田租世事隨殊俗生涯共老傖轡龍徒奮采鶗鴂恐先鳴漫說逢楊意前歲侍中對公以予長白山詩賦進　呈偏難召少卿舊遊憐轉燭今賤愴聞笙舞鶴鄺邊水和龍塞外城三秋空漠漠萬里獨怦怦道遠懷瓊樹宵長

望玉衡如蒙子公力終到漢西京

雜感

甌脫蕭條塞路微阿疎城畔柳依依邊開駝鹿山初鑿江到牛魚嶺漸稀戰士中宵看堠火米船六月寄征衣冰霜今歲寒應早屈指諸軍解甲歸每歲出師戍黑斤諸部至七月中河冰將合乃歸

又

娥娥紅粉暎邊霜細馬豐貂滿路光朱幕漫傳翁主號黃眉爭識內家妝空憐拂鏡凝花態莫爲無褌笑粉郎千載奉春遺策在玉顏那更怨龍荒時以婦女賜海東諸首領邊人謬以皇姑稱之其俗男女皆不着褌

又

秋風吹磧起鳴鵰磧路西迴限二遼鴉鶻廢關仍抱塞鴛鴦殘濼不通潮千年城闕人誰識百戰河山世已遙窮徼可憐無故老難將遺碣認前朝

讀古人詩有感

山川滿目恨滄桑撫舊悲歌淚幾行翟義豈能有漢祚貫高原不負張王朱鳶別後非吾主白馬歸時是國殤寂寞天涯今夜月大招何處問瀟湘

混同江

混同江水白山來千里奔流晝夜雷襟帶北庭穿磧下動搖東極蹴天迴部餘石砮雄風在地是金源霸

業開欲問魚頭高讌處蕭條遺堞暮潮哀

擬唐人御溝新柳

春光開上路柳色吐韶年掩暎金溝遠參差玉道連倚風條尙細覆水影初圓輕翠銷宮雪微黃嫋禁烟畫眉空自好學舞欲呈妍倘得承攀折依依翠輦前

贈陳蓉甸十韻

昔爾探玄籙尋眞向赤城巳窺三景秘歘掩八公名家本陳安世師逢竇子明顏依金竈駐身度玉壺輕翠水餐霞住鴻天馭月行問年枝不汗郤老樹驚精方術誰同傳仙才自屬卿好將山石煮莫歎海塵生去去憑鰕杖寥寥度鳳笙洪厓如可拍直欲上瑤京

郎公將還京師賦此奉送

西風吹雁滿關山愁見蕭蕭四牡還橫笛清秋縈客恨衰楊明日爲君攀紫臺霜露催征騎丹闕星河啓曙班極目長安天際遠離心空望五雲間

奉酬徐健庵見贈之作次原韻

金燈簾幙歘清關把臂翻疑夢寐間一去塞垣空別淚重來京洛是衰顏脫驂深愧胥靡贖裂帛誰憐屬國還酒半却嗟行戍日鴉青江畔度潺湲

集成侍中容若齋賦得柳毅傳書圖次俞大文韻

落日金羈上客過畫簾燈火九微多當筵誰共抽毫

素一幅吳綃夢楚波

其二

鮫館龍堂素練光停杯與爾話錢塘玉顏自昔多憔悴莫向涇陽怨小郎

其三

年年沙朔掩蒿萊橘社包山夢屢回吳中洞庭山今亦有柳毅井日雨工圖上見却憐儂亦牧羊來

其四

洞庭雲氣曉憑憑寫入銀屏照錦燈惆悵紅粧千萬隊酒闌何處問巴陵

春夜聞絃索 限琴字

星轉天街玉漏沈何人中夜撥胡琴不須更奏伊州曲説着邊關已濕襟

咏史

豈是騷人怨難忘舊國恩蕭條湘水上誰弔楚臣魂

月夜

月華深夜下金波綺樹沈沈露彩多極目天邊雙桂樹淸輝萬里共婆娑

李侍御枉駕因留小飲

凉秋紫塞謫官多三徑蕭條侍御過海外聞君名已久長安別後事如何且將濁酒澆胸臆莫爲悲笳廢嘯歌放逐幸同堯舜世儘拚身世老漁簑

壽郭明府

紅藻玉溆映晨霞百里江皐早放衙風偃訟庭聞綠綺日長仙閣有丹砂共看香令衣如繡欲問神人棗似瓜今日試聽循吏頌知君清譽滿京華

送丁泰巖晉秩開府之任湖南二十韻

湘漢雄風地岣嶁大火峰芝旗松子宅茅社竹王封十載司藩翰三吳薦鞠凶傷魚垂戢戢哀雁失嗈嗈

羽檄飛難定軍儲困屢供戈船宵並濟井臼夜無春
望望爲霖切穰穰覆露濃千家收玉粒半壁鄣金墉
絕塞催歸騎公門獲拜龍相依星改歲多幸日長冬
屬郡謳歌載明廷服命庸列臺森梓柏開幕展芙蓉
青草流千曲蒼梧樹幾重彼郊忻迓郭舊域恨徵龔
玉琯陽初轉金塘凍始溶去旌看縹緲征鐸響春容
扶杖人爭送攀轅路盡壅愛碑留石篆鑄像寫金鎔
江冷鱸應憶峯迴雁可從荊揚如一派仰沫待朝宗

明妃曲

妾本良家女奉帚掖庭中椒閣香消悲曉月玉墀花
積閉春風春風寂寂君恩絕薄命還教辭漢闕乍可

深宫罷玉顔誰堪遠嫁啼紅頰一向天涯去不還風沙遥望白狼山鏡中玉筯消春色馬上檀槽怨朔寒可憐玄朔寒應早蘆管凄凉沙浩浩白雪疑飛桂苑花黄雲不散葱山草草色連天氊帳開蛾眉憔悴妾心哀夜夜屠蘇青海上那能重見翠華來

咏籠鶯應教

黄鸝何晥晛牽弋下遥岑不惜雕籠住承君綺閣深身微空曉翮囀轉巧自春心已免韓嫣彈何須更擇林

戲贈

承恩楚殿前綠幘自翩翩着粉春姿媚參紅雪態妍情深陪射兕寵極織輕蟬却笑纖腰女漸粧只自憐

登樓有懷成容若

雨餘宮樹逈含烟獨立高樓思渺然遥憶關山人去遠不知何處駐香鞭

和凱公送令兄侍中扈從之作

玉輿避暑出黄華千里霓旌映塞沙爲問 帷宮誰珥筆馬卿詞賦爛如霞

又

廣庭花月自幽閒一曲驪歌悵度關應識鶺鴒原上意長依龍武 輦前山

贈葉長民

錦水桃花暖銅梁杏葉初看君西去日何似馬相如

# 秋笳集雜著卷八

吳江吳兆騫漢槎著

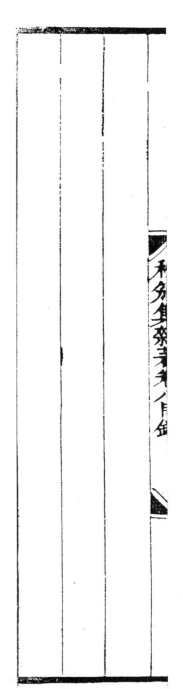

# 秋笳集雜著卷八

吴江吴兆騫漢槎著

## 表

### 擬久旱禱雨　天壇甘霖協應賀表

伏以　龍旂風細九霄沛　天子之恩　翠蓋雲迴
萬國仰　聖人之澤蒼后飛泉以界道旱徧春疇青
鬟懸水以行空爰滋曉陌慶已通于霄路懽遂洽于
坤輿臣等云云竊惟桑林致禱殷宗自薦于犧牲雲
漢稱歌周王用罄其圭璧啓泰山之玉檢漢號乾封
帶嵩岳之金霞晉當泰始隴西女子產旱母而驚心
河北神人降火光而駭目慨赤衣之司令致黑蜧之

不來泥人嬌掌于中庭寶文人之誚語土龍驤首于元寺亦茂宰之嬌誣眺山上之金蛇何時布影望臺邊之玉女幾日披衣空駐問于綠蓑漫吞聲于赤炬豈東海有銜冤之婦乃旱三年使南山有戴笠之夫偏傷六月茫茫青畝難逢渭水之牧羊滌滌黃輿不見湘川之飛燕未有壓慮形廷潤土膏于一旦誠迴蒼極布觸石于三吳如今日者也云云 蒼龍啓瑞

碧鳳承符 功已邁于大風 祥自呈乎甘露鴛鴦殿裏玉階敷三秀之華鳷鵲樓中珠綴結五雲之氣偶以 天心之微戒遂煩 帝念之焦勞九重綈几悉陳鄭俠之圖三殿瑤封盡繪豳風之什爰 命

屬車而啓路乃臨郊殿而祈　天隊簇桃花步青塵而不動旌開蘭葉溯淑氣而悠揚陋漢代之祈年非關民事笑唐家之昭應豈謂田功　翠華方蒞于甘泉蒼璧已通乎　帝座于是封姨嘯樹豐隆啓塗灑潤齊城豈俟欒巴之酒森寒石礎已同張協之詩涇陽雨工對良疇而降澤華山肥𧕟見和氣而全消山川悉載其恩膏禾黍並除其螟螣　臣等術謝攙風人非作雨幸際攀鱗之會謬居拜手之儔慕刺史之手裁隨車致雨思學士之文采志喜名亭況屬　天地之交孚益快神人之篤慶有心浴日敢效歌風伏願

勤咨國計　軫念民依　未央夜月聽虯箭而儆

心　上苑春風覩雉媒而動色奠元圭于水土之後揮朱絃于宵旰之中則麥秀三岐誦　聖主無疆之福禾呈九穗拜君王有道之祥矣

序

方與三其旋堂詩集序

僕聞長雲接塞將軍傳龍雀之悲細雨滴簾客子下鷓鴣之淚山含秋氣寫幽恨于銀虬水咽春聲托邊情于金雁番禺南望椰花之絮無多張掖西來葵子之根已少由來才士半泣飄蓬自古覊人偏多篇翰論輸左校曾聞楚石之談籥管營州亦有隨珠之嘆撫長松而掩袂攬橫竹而登車一曲龍吟因思公子

數聲魚沫爲憶家山中土漂搖尚含毫而緘怨客堂離别猶援牘以抒哀況乎絶塞長征殊方遠戍竄景眞于關外逐亭伯于遼東南雁無憑北梁已遠白狼堆外畏懸度之難行黄鵠歌中怨關河之甚渺已作窮停之種能無侘傺之辭是以毛光祿之在赫連自述降羌之痛李都尉之居朔野亦流望漢之歌豈獨越石悲吟淚盡扶風之馬子初雜曲心摧鄴水之魚已哉方子與三才爲藝苑之宗名在儁流之右庾子山之文采女子無慚劉孝綽之才情弟兄兼擅方翔勁羽忽中長罝坐京兆之全家嶺頭齊竄爲李豐之同產隴外俱投慷慨辭家凄其出塞地經絶脈向天

畔而何之水號斷腸上隴頭而嗚咽紇干落月故園之夢空歸勑勒浮雲異域之程何極拂盧夜靜能不椎心服匿晨持每看沾臆邊霜似雪蕭條鋏磧之聲塞草如煙凄咽金笳之韻曲中風土自操南音笛裏關山空吹北部於是開繒寫怨流翰陳絃客路山川塞天風雪或車中之贈別或馬上之行吟以至真番土風鮮卑國語無不調成金石麗錯瓊瑤名曰其旋都爲一集寄羈臣之幽憤寫逐客之飄蹤怨入琵琶隕烏孫之涕淚哀傳刁斗感雁臣之苦辛允爲傳世之篇聊當述征之作僕三年久戍萬里無家掩泣江頭已同女子銜啼帳外幾類官奴幸竝謫之逢君遂

同衣之容汝相携塞表似長羅之共蘇卿羈旅關中等子淵之憐沇炯凡玆華製半屬分題爰贅語于簡端志悲懷于塵末庶使咸陽城畔人傳山水之謠廣武亭邊客記落花之賦云爾

孫赤崖詩序

蓋聞纏綿湘吹以去故而增悽慷慨燕歌由送離而結歎是以舊山既遠促管流音異國無歸繁絃縈臆房陵一去君王有山木之謳軍府長羈伶官有土風之操執珪懷越尚藉悲吟公子留秦亦傳哀唱由來志士遘此窮途未有不憑柔翰以消憂托長歌而申恨者也況夫金河轉徙銀磧羈孤水千里而斷腸塞

萬重而絕脈陳子公戍邊不返空望長安栘中監還漢何年傷心遥海嘅其嘆矣能不漣而孫子赤崖弱年擢秀盛藺知名才爲談士之宗入擅藝林之俊江東二陸共識清河鄴下雙丁先推敬禮乃以拾塵之惑遽從棲火之嗟靈璅難陳遐陬遂謫飄零皂帽遼海空來禰裭素衣吳關長謝士思迢遞托黃鵠以俱飛客夢徘徊指白狼而難越然而蘭山箭盡篇什偏工桃館尊空風流未沫劉越石棲遑于河朔詩體清剛庾子山留滯于關中賦才宏麗雖丁年坐老而子夜堪歌于是娛志縹緗寄情嘯咏登高擒藻攬物揚葩紫雲亭堠興乘障之悲思白雪關山激從軍之壯

志寒鴉睇野夕雁橫天怨起衣單魂銷笳脆氣沉雄而莫展心侘傺以誰知及夫臺上瞻鄉山頭送遠鶴鄙不見鸞酌徒傾睠花月於曩遊愴風霜于今別莫不播之凄響緯以妍辭發言而瓊樹相華命調而銀箏並咽捲蘆清吹譜爲蔡女之文截竹哀音綴成丘仲之曲豈徒伯鸞南邁惟聞五噫中郎北遷願成十志也哉僕舊托攀嵇近同遷賈黃壚遊讌久限山河紫塞軍僑更分鄉縣攬淚痕于河上空訢箜篌鬱愁氣於車前寧消栢酒北部之貧已甚南館之會徒乖永念生平彌嗟弦括却題短引爰寄沈悲嗚呼蘭忌當門痛煩寃之何已蓬悲出塞憐飄寄之安窮西氣

驚商將聽君詩而隕涕北風千呂誰披余製而傷神乎

## 愼交二集

蓋聞盧郎八米雅重南朝魏氏雙珠見推北海江頭折梛遺班莞於名流石上看松飛羽觴于公子若夫攜屐蒼龍之闥早識安豐迴車朱雀之航爭觀孝綽並以盛年馳譽弱歲知名白袷文人烏衣貴遊張廣武琱車之日步兵嘆其奇才王山陰總髮之年僕射驚其明慧是知英華靡絕端藉羣賢領袖將來還歸吾黨爰集邑中之秀以追河裏之遊客盡懷珠座同割炙少長咸集方典午之蘭亭調賦無雙擬睢陽之

鶴渚布蕙肴而肅駕願荷衣以過從

## 書

戊午二月十一日寄顧舍人書

別我華峯二十餘年矣江皐塞表超忽萬里每一懷思淒泣彌日昨歲三月得華峯丙辰臘杪所惠札并見懷二闋頃初二日復從驛使得四月望日札及彈指集綢繆之思溢于毫素出入懷袖如見故人午未之交知兄宦遊京邑遙爲雀躍弟時苦徭役未遑緘寄至于解組南轅則天涯遊子邈若夢中嗟乎我兩人契托正復何等越禽代馬各在一方僅從一紙音書敘廿年離索人生到此能不淒涼弟朔漠羈踪兄

定未曉今畧書梗概俾兄知之弟以己亥夏出榆關抵瀋水之陽海昌相公欲留弟共居一年瀋帥不許瀕行時其令子子長贈我車馬衣裘六月廿一渡松花江時暑甚因浴于江遂得寒疾著氊衣騎馬行大雨中委頓欲絕抵大烏稽送吏以弟垂篤特憩三日同行者皆謂不起忽夢準提而愈七月十一至戍所戍主以禮見待授一椽于紅旗中舊遷客三四公皆意氣激昂六博圍棋放歌縱酒頗有友朋之樂然一身飄寄囊空半文賴許總戎康侯孫給諫汝賢解衣推食得免饑寒癸卯春弟婦來攜二三婢僕併小有資斧因以稍給甲辰春幕府以老羌之警治師東伐

令流人强壯者供役軍中文弱者歲以六金代役於是石濠村吏時聞怒呼無昔日之優游矣乙巳以授徒自給其夏張坦公先生集秣陵姚琢之茗中錢虞仲方叔丹季兄弟吾邑錢德維及鄙人爲七子之會分題角韻月凡三集窮愁中亦饒有佳況其後以戍役分攜此會遂罷戊中蒙恩紳袍特許優復弟遂得爲塞外散人寧古自辰巳後商販大集南方珍貨十備六七街肆充溢車騎照耀絕非昔年陋劣光景流人之善賈者皆販鬻參貂累金千百或有至數千者惟吾儕數子以不善會計日益潦倒然弟亦不能棄捐筆墨與洒削賣漿逐錐刀之利短褐藜羹任之而

巳庚戌諸徒皆散而歲復旱霜米石十金副帥安公雅重文士憐弟之貧以米相餉而合肥先生及葑溪玉峯復有見貽於是翳桑餓人幸免溝壑癸丑大帥之子相從授經館餐豐渥旅愁爲解丙辰春大帥移鎮兀喇遂失此館然執經者亦不乏人所以僅供薪水耳弟年來搖落特甚雙鬢漸星婦復多病一男兩女薇藿不充回念老母煢然在堂迢遞關河歸省無日雖欲自慰祗益悲辛課徒之下間有吟咏正如哀雁寒蛩自鳴愁恨安敢與六代三唐競其優劣哉前歲原一札來索鄙製云欲刊布弟深感其意特寫致之可三百餘篇塞外之亂蒼黃中失五古七絕二種

悵惜殊甚今當再抄一册于四五月間寄覽彈指集如靈和楊柳韶倩堪憐又如衛洗馬言愁令人憔悴兄筆墨如此少遊美成更當何處生活別兄二十年對此如重覩風流弟出塞時未携詞譜今得此集便當按調爲之正恐壽陵之步未易相學耳弟悲怨之深雖三峽猿聲隴頭流水不足比我嗚咽穹廬愁坐極目蕭條夏簟冬釭淚痕潛拭安得知我憐我如華峯者與之促膝連牀一傾憤臆乎弟患難之交陳子長最篤但隔在遼海不得相見此君風流文采不減華峯意氣亦復相類惜其無命流落而死爲之痛心龍眠父子與弟同謫三年情好殷摯談詩論史每至

夜分自彼南還塞垣爲之寂寞錢德維議論雄肆詩格蒼老山陰楊友聲鐵面虬髯而詩甚清麗若中三錢才筆特妙不意大者有山陽之痛而小者復爲濮陽之匿姚琢之詩如春林翡翠時炫采色陽羡陳衛玉善諧笑工圍棋亦嫣秀可喜弟時與之奕今弟之棋視丙申五月在澄江與華峯賭局時可高六七子許張坦公先生河朔英靈而有江左風味雁羣與弟情致特深唱訓亦富未歿前數日卽屬弟在其榻前作行狀人琴之悲至今猶哽敝門人閩中陳昭令名光啓秀而嗜學北州少年此爲之冠與弟居止接近擁爐啜茗靡夕不共也此皆弟塞外文章之友因兄

垂訊聊復及之前者婚約爲李姨所阻深用悵歎承復有幼女之約極荷雅意果得生還則我女兒之子婦也又何他云嗟乎此札南飛此身北滯夜闌秉燭恐遂無期惟願尺素時通以當把臂唱酬萬里敢墜斯言震修兄弟近況何如念之殊切凡我舊好幸俱致相思南望雲山可勝凄咽塞鴻殊便無忘德音

與許甫草書

三年執別萬里傷離故國音塵殊方羈竄飄踪如線惋悒何言塞外苦寒四時冰雪陶陶孟夏猶著弊裘身是南人何能堪此每當穹廬夜起服匿晨持鳴鏑呼風哀笳帶雪蕭條一望泣下沾衣嗟乎故人應爲

悽咽弟自出塞以來萬端都謝如泥中花蒂無復芳菲而懷友之思未嘗棄懷每憶曩年游好輒便傷心邯鄲宮人嫁身厮養而春花秋月尚夢深宮區區鄙懷庶同此耳昨歲冬至巴公入都曾勒長札并排律三十韻奉寄兩兄而此緘竟屬浮沈可爲悵惘龍荒絕遠非人所居夙昔知交音問殆絕讁此三年止得公肅舊冬一札耳少陵云親朋滿天地兵甲少來書諷咏此詩益增我勞緒弟久沈異域語言習俗漸染邊風大雅愔愔磨滅盡矣方欲控弦試馬作健兒身手何堪尚與青雲故人論疇曩之誼述詩文之樂乎高堂白髮幸邀浩蕩得還里門弟雖滯冰天亦當不

恨若得雞竿再下早賦刀環召李白于夜郎還蔡邕于朔野葛巾野服返迹丘園與我兩兄促坐言哀銜杯道故此亦再世之樂也　嗣皇在御才士畢升努力良時勿以故人爲念老伯暨老伯母應俱萬福茲因程年兄歸南勒此布心相思之深非筆所悉遥瞻南斗涕泗何云

又

離别三年關山萬里冰天凛冽積雪嵯峨索處穹廬軫憂終日遥思我友勞佇如何昨年遘艱吾兄屢顧我若廬之中銜涕摧心慰藉倍至等公孫之奔走似用叔之周旋愧荷深情猶在心骨廣陵佛舍向與疇

老杯酒終宵班荊笑語何圖此別遂隔死生永念曩游寸腸欲裂弟形殘名辱爲時僇人垂白衰親盛年昆季吁嗟何罪相率播遷既無予幼箕豆之辭而有文淵薏苡之痛已同崔駰遼海之竄而復坐李豐隴上之條生世不辰遭此奇酷身流絕域名入丹書雖視息猶存而已同枯骨每一念及忽不欲生向在故鄉意氣豪上嘗歎庾子山沈初明以如許才筆羈旅殊方雖篇翰如新而平生蕭瑟每讀哀江南賦及通天臺表未嘗不掩卷欲絕豈知今日身丁枉濫百倍斯人魑魅爲鄰豺虎同畀煩冤侘傺誰可訴語即復生平故人亦復棄如糞壤視同腐鼠矣不弔昊天一

何至此昨歲出塞時長安諸公哀其窮乏餉以百金稍得整料衣資支離道路及屆瀋京便已懸磬賴陳子長解衣推食事事周全揮涕贈金情款綢悉既將東發復贈我鞍馬以濟崎嶇塞外之路險甚蠶叢紅銹烏稽十步九折若非驥足已委溝中矣弟曩年知契幾徧三吳嵇阮之交亦頗不乏及遭患難轉徙窮途乃初無一悰款之人周我涸轍此古人所以致重于窮交也放廢以來萬緣都廢惟雕蟲一道猶尚纏綿塞天無事寂坐荆扉斧冰炊稗以充饑渴所携故篋尚有殘編每啜糜之暇輒與龍眠諸君子商確圖史酬唱詩歌街談巷曲頗成一集取楊子雲哀屈之

文命曰質饔入秋以來復事賦學妄謂可以規模江鮑接跡王揚但負罪之人爲時捐棄縱調如白雪才似和璧亦將唾涕視之矣彼才不逮于中人名不出于里閈一旦身躋雲霄從容輦轂雖復伏獵侍郎金根校理得其片言隻語以爲韓歐復生兄聞此言得無駭其任誕乎客緒邊愁百端橫集停雲之念無時去懷但恨玄菟黃龍渺在天末不特把袂銜杯難尋佳會即雁書遙訊慰我離愁亦眇不可得十年神契睽絕如斯憶舊撫今愴悢何已杜少陵云親朋滿天地兵甲少來書信非虛語也懷念之什頗有數章欲便錄寄以當良覿恐此札達時正兄等春明得意之

候不祥姓名致駭耳目故復焚棄聊托敦四書排律一首奉正想兄見之當相淒惻也倘承見懷幸有以相示昔嵇中散身死洛下而向子期爲之感舊鄭廣文遠竄台州而杜拾遺爲之錄別兄等雅懷當不以廢棄相遺也弟有家信一緘欲托之右兄恐右兄已奉使出都復托之公肅乞甫老爲我覓一確郵致去倘家父已到或將入京幸留在尊所萬勿浮沈拜囑拜囑西望裁書可勝嗚邑南風甚勁幸惠音書不勝企望之至

秋笳後集卷八

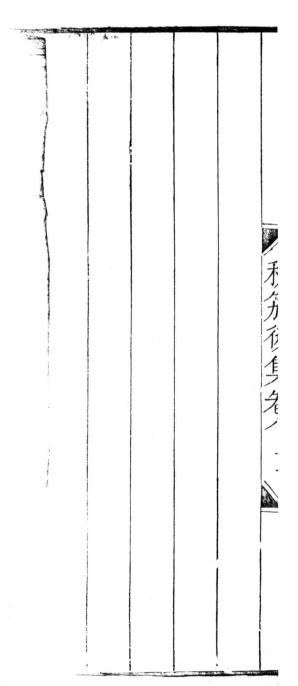

右集詩文共八卷先君子漢槎先生所作也先君少負大名登順治丁酉賢書爲仇家所中遂至遣戍寧古維時大父母在堂先君忽離桑梓而謫冰雪觸目愁來憤抑侘傺登臨憑弔俯仰傷懷于是發爲詩歌以鳴其不平雖蔡女之十八拍不足喻其凄愴此秋笳所由名也崑山徐健菴先生悲故人之淪落千里命介索其草稿梓以問世古人之交情不以窮通少異有如此者洎乎長白賦奏而特邀

當宁之知沉寃昭雪賜環歸里張儉返于亡命蔡邕召自髡鉗推轂者總屬鉅卿延譽考半由名士方且謂一生抱負抒展有時何圖乍入玉

門遽捐館舍鄙人所以抱恨終天也今 振臣年過六旬追思往日幾同隔世傳曰先祖無美而稱之是誣也有善而勿知不明也知而勿傳不仁也 振臣愚蒙不肖既不能發名成業以顯揚我先君矣敢復蹈不仁不明致使先君沒沒于後世哉爰就舊刊增以家藏析爲八卷彙成一集其前四卷係健翁所刻後四卷則 振臣所增也後集爲戍所暨歸來所作前集及雜體詩二卷皆少年所作序表書記則合新舊所抄輯而成不分年月日蓋先君垂髫之歲即好吟咏加以身際艱難著作頗富奈屢丁顛沛存者無幾當健翁索稿之先值有老羌

之警遺失過半後遇揷哈喇之亂都統唐公限三日內合城滿漢俱遷至必兒汀避難及扶柩南還復覆舟于天津而沉溺者又過半今此所補皆從故舊處搜羅所得殆未及十之一二至于駢麗之體向與陳陽羨齋名乃集中所有僅此數首尤可痛惜聞之崑山某氏收貯頗多振臣會力爲尋訪而已移居村舍然終當物色以成全璧是則鄙人之素志也是役也其訂証校讐之功姪恆叔之力爲多亦不可不記謹跋

雍正丙午秋八月男振臣謹跋

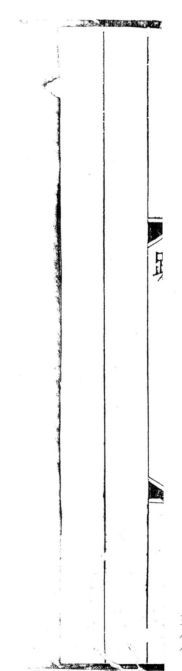

# 歸來草堂尺牘

者耶如寔者食飲於有元版圖水土幾五十年矣寧肯坐
視危急而不輸方寸之忠以角寸才片善於其間哉謹識
書惓惓以獻于（下殘）

往歲獲交無錫華君繹之出示所藏書畫卷冊皆精善
可喜之物偶見東吳小藁一冊為有元晉陵王寔未刊
手藁彌足珍重承假錄副列之插架亦既有年其文章
清麗如清容道園書法娟秀類松雪伯機編放仕履歷
久未詳讀集內錄舟中唱和詩小序知亦夙擅吟事當
別有全藁此冊為鱗爪而已昔吾家俠君先生選輯元
詩固未采獲則遺佚已久區區片羽洵可寶也婦兄潘
君博山嘗語余吳中某氏亦藏有安節手稿一冊不知
是詩是文欲謀借鈔未果而博山旋歸道山今且無從
蹤迹矣比者吾友陳君文洪捐貲印書爰出此六百年
來文人僅傳心血亟為流布海內方聞之士儻有藏其
遺稿或詳其行事者希得見示俾為表襮以資尚論也
冊首原鈐王氏安節王寔書印吳中民三印今改題代
貫姓字於前以便識別中華民國三十四年四月二十
三日吳縣顧廷龍寫付石印并記

# 歸来艸堂尺牘

合衆圖書館叢書第十四種

一

此書承鄞陳文洪先生捐
貲印行中華民國三十四
年五月合衆圖書館志謝

# 歸来草堂錄

## 尺牘

痛哉汝性至孝平日所以事我者異於恆輩成婚後依〻如孺子之牽衣膝下未嘗有一刻相離我父子俱好讀書共坐樓頭滌暑祁寒吟誦不輟以汝驚代絕才我歷幾年勤教汝成名自以為極天倫樂事方以遠大期汝不意仇人一紙誣書遂使天下才人忽罹奇禍投荒萬里骨肉分離慘莫慘于此矣古來孝婦含冤上天亦有為之感動者汝之冤酷審問諸公知而憐之都中士大夫知而憐之天下讀書人知而憐之未供招而破禍最烈冤抑至今未伸嗟乎青天何獨至汝而天不為青耶自春徂夏汝所寄手字及所寄詩我已一一見過見汝字知陳相國之待汝甚厚又承相國喬梓鮮推之誼同在患難中而何以得此〻

二

又汝之絕處逢生不幸之幸也此情此誼何日可忘汝遇苾牀之變當此悲楚中汝又能爲之周全整事纖悉備至具見汝之敦厚道也見汝詩情致激壯詞調悲涼反覆展閱一字一淚三閭大夫之處憂愁而賦離騷其文至今當不過此留別諸故人詩甫繡二君已爲刊行其西曹雜詩我亦爲之備錄將覓友人圖所以付梓決不使汝詩章泯泯不傳也所可恨者我之念汝無時去懷雖以舉家叢難手無分文無力遣人以周汝之急然自春徂夏我寄手字亦不一而足豈料止到其一餘竟付諸浮沈俾汝既不獲見我面并不獲見我字迄今兩地情牽爲可傷耳其他之浮沈不足較至于孫煥卿汝以其人可託且彼去甚早我寄銀二兩布衣布褲布被布襪亦寄有數件我與汝母拜而哭求之以爲萬無不到之理誰料爲煥卿所乾沒并哉

手字悉委諸逝波也知人知面不知心世人之叵測一至
于此至于疇三計俻我亦寄諸布衣被褲襪等項又差周
文隨汝阿丈計俻我所寄汝者則有斤許外其如彼到時
汝已出關空往空來致汝不持一文舉目無親隻影孤形
而行萬里之遙自煖自寒有何人相恤白面書生何嘗慣
經為父者一思及此不覺腸斷欲絕矣雖然事已至此古
來大聖賢大豪傑往往有瀕死而不至于死者正于萬死
一生中打練出學問存養出德性來誠以所操以慮憂患
者固自有其道也我願汝且于絕地求生死中求活持己
要謙恭出言要謹恪彼中當無好文學者且屈節以就之
或在人家處館權暦一枝之棲為糊口計姑使衣食居處
有賴而後可徐圖生計也古不云乎如飛鳥依人人自憐
之處此無可如何之境不得不如是耳汝體素弱朔地風

霜爲能堪此我甚憂之象參出彼中汝可時〻服參以助養元氣元氣固百邪自莫爲之侵矣彼地不知醫倘有失調處爲〻不可輕投藥諺云不服藥爲中醫斯言可佩也若有風邪則參又萬〻不可輕投矣汝切須慎之汝去歲負傷處我甚放心不下先高祖嘗言第一要煖〻則痛不發但居此寒慄之地煖氣既少衣又單薄爲之奈何則又增我愁耳此非人力所可爲只求佛力護祐我與汝婦汝妹每日誦金剛經高王觀世音經大悲神咒以祈救汝苦厄佛力無邊自當脫汝于患也高王觀世音經乃北齋高歡國維也救人苦厄應驗甚神我從李灌溪處得來前草訴甚稱之惟汝處未之見然我處誦自能護汝況汝常持金剛經大悲神咒之矣可恨撫房以我們無使用于二月中飛檄下縣要提家口盡下府司我自分必死三月初一解

府賴府尊憐我與汝母年老汝婦多病八弟年幼允親族遞保止六弟發吳縣監候我與汝母汝八弟俱保出住汝妹家我自遭難蕭然貧身無衣無食衣之食之苟延殘喘者賴汝妹之孝也汝大女已送至汝妹處為媳今業已讀書汝次女已送李賓侯家過繼與娘姨撫養汝兩女我俱畫田少許即作他日嫁資一歸楊一歸李樑擬已定汝可免内顧憂矣汝母汝婦汝妹汝弟汝女俱一一平安不必掛念近聞皇上准工垣之疏內開一款凡流徙之家捐贈助軍需本身減等而家屬之連累者悉與豁免現在部覆如果覆行不獨家眷免徙本身既減等即汝亦可還鄉骨肉重逢有日此我所翹天而號哭以求者也攄之千言萬語惟望汝保全身子為上留得汝身在古云大難不死必有後福汝須安心以俟之績夫以取科舉且生子矣汝婦

三 一

汝妹汝八弟各有字寄汝綪夫在江城不及索字也玉虹友頎華峰俱有求汝次女之意然既為李所撫養則聽李為政矣汝不記寒翁仙師之詩讖乎萬壑風歸嘯老龍一朝雷舞向長空慎君麟甲毋遭折回首林間聽暮鐘汝登賢書雷舞已驗矣罹茲奇冤遭折已驗矣而回首林間之的固知汝之定生入玉門關也凡事皆前定汝須安心以候之耳沈若士使者行便將字寄汝我欲懇沈若士特差使賫送至寧古塔作字懇子長勿致浮沈使汝未及見我面先見我字未知得達否徐公肅與汝為性命交居然狀頭歐長卿亦為會魁兩人在天汝獨在淵天乎人乎何天淵之相越若此耶然我祖父累世積德從無獲罪于天之事汝又至孝自能動天我終望天之有以祐汝到底有賜環之日也保身以俟天是在汝有堅忍之力耳珍重珍重

兒兆騫百拜父母兩親大人膝下：兒不幸遭此冤禍，拘繫刑曹，中心哀慘，惟不能忘我父母養育之恩，毋夢魂無日不在膝前，每念我父母及合家骨肉，便腸斷欲絶也。然兒此事實屬風影，于心既無愧怍，亦復何懼。兒身雖在獄，而意氣激昂，猶然似昔。凡在長安諸人，無不為兒稱冤者。父母萬無過傷，致損身子，切囑切囑。兒於三月初九日赴禮部點名，即拘送刑部。兒此時即口占二詩，厲聲哀誦，以伸冤憤，禮部諸公及滿洲啟心郎皆為兒嘆息，稱為才子。兒若見天有日，重歸里門，見父母便屬大幸矣。娘子為人甚嘉淑，兒念之甚切，乞父母善待之。六弟須囑其讀書，不可以兒因功名受禍，便爾灰心也。兒于去歲得夢大奇，金剛經四百部，乞即施。佛力無邊，必能護持。家中雖在至窘，而施經之事必不可緩。切禱切禱。臨筆不勝哀痛之至。

四一

官禮部被逮，即口占二詩以志冤憤，索紙筆不得，即屬
聲哀誦，以當庶女之告天云

倉黃荷索出春官，撲目風沙淹淚看。自許文章堪報主，那
知羅網已摧肝。冤如精衛悲難盡，哀比啼鵑血未乾。若道
卯心天變色，應教六月見霜寒。

庭樹蕭蕭暮景昏，那堪縲絏赴圜門。銜冤已分關三木，無
罪何人叫九閽。腸斷難收廣武淚，怨深空訴鵠亭魂。應知
聖澤如天大，白日還能照覆盆。

四兒稟父親大人膝下：兒不孝，不能貽父母以光寵，而貽
父母以憂患，心魂驚碎，幾不欲生。但兒雖死，必不敢貽
害父母及妻子兄弟也。兒凡事承右與甫骨肉至愛，重爲
周全，兒真感恩入骨。兩兄真千古一人也。李滄老之爲兒
意氣，亦可爲當今所少。總之，父親凡事與右甫商之，必不

有悞右處應補還者補還或有可挪移者挪移總以救兒命為主家計所不必惜也即所費浩大亦不可重家而輕命也父親在此凡事必須謹慎不可輕發一言輕下一筆至囑至囑兒心中無他事惟念我父母之恩不能忘耳娘子為人甚可憐乞父母照顧之若已有孕或生一子亦不幸之幸可取名我生以見蓼莪之義兒有賦數首在娘子處可取來與甫使傳之後日見兒雖不幸亦自有才可述也中心纏結惟有思親兒若得生便當皈依佛門作佛弟子矣留此字以當見我親之面但兒起數求籤皆云無恙父不必過為悲傷是又重兒之不孝也切囑切囑

十二日楊姍到京接父親字知兩親及合家骨肉俱安甚慰遠懷兒即于是日得聞吉音邀天地祖宗之蔭不獨此身無恙而猶可還我初服兒不覺為之狂喜因思兩親素

五一

行善事兒又歸心佛乘未嘗作一虧心事此番患難寔出意外今得平安足徵天道猶存也解網之期想在月初爾時當先令人歸以慰兩親懸望兒讀父親告神文為之感泣父之待兒如此兒不知何以上報親恩也初十日附一信及長篇一首於撫使者馬上帶歸不知曾入覽否進意不減平日曾托友來看兒真不愧人倫之宗也八弟字兒見之為之隕涕小時聰慧如此後日可知但不似阿兄坎軻便為妙了父親要貂帽俟楊蚪歸時送到也

二月望邊接父親字爾後絕無一信肝腸盡斷兒已于閏三月初三日起身道路之費賴各位年伯及季滄葦助銀三十兩約有一百十餘金做皮袄及各項雜物外尚存四十金兒此去尚可暫住瀋陽或能俟家眷到同往彼中近有可喜者海寧相公第四子名容永者係甲午科以壞一

目例應收贖近以部批留京候議定奪不隨素翁出關矣兒承素翁父子厚待每事炤拂意如骨肉父親與二兄竟不可依例不去若在本處豁免竟不報上來此為至妙倘必不能必要本處文書上寫明某某以廢疾當免等語為要若報部文書上不曾開明事便無用了此皆素翁之言也兒生平未嘗作惡今乃遭此冤禍上累父母中累兄弟不孝之罪真通于天每一念及幾不欲生大妹寡居兒嘗欲炤顧他終身豈知今日身罹冤酷一至于此天乎天乎真有不可問者也家眷到京俱可討保在外惟寔山陸夫人收禁因無人肯保耳此事兒已重懇右兄右兄待兒亦異姓骨肉其恩不可忘也父親若得不來兒死亦瞑目八弟九歲亦合十五以下收贖之例况十歲以內竟免此亦易為力也若得邀天之幸惟兒婦一人去乞父親送至京師

六一

為妙兒在此俱承蕊林炤管在方年伯處吃飯前日蕊林寄一信在東阡沈仲猶處寫得甚明白約有千餘言凡家眷到京及出關諸務併所帶物件俱開列清楚想四月中旬可到父親可取視之兒亦寄一信及别諸友札與在獄詩一本在他處想彼定不浮沉也到京後事可与桐城商之兒已作字托季年兄矣其兄滄老真肝胆士也兒有别諸故人七言古詩一首乞父親一一為兒抄送既疇研甫九臨瑞五茂倫鶴客其年華峰天一公肅兄弟虹友績夫諸兄為妙使天下人知兒在困頓窮厄之中猶不廢筆墨庶幾江左文人為兒哀憫兒一字与兩兄一字与大妹一字与諸弟一字与娘子一字与績夫父母須保重身子為主父已年老母又多病遭此大厄皆兒之罪兒惟有念佛遥祝父母而已臨筆嗚咽不知所云

將赴遼左留別吳中諸故人

薊門三月柳堪折玉關遷客肝腸絶結束征車去舊鄉矯
首天南恨離別憶昨胥臺事俠游才名卓犖凌王侯黃童
雅擅無雙譽溫嶠羞居第二流相將日向春江曲吳王墓
前草初綠綵鷁春風客似雲珠簾夜月人如玉少年行樂
恣游盤夾道飛花覆錦端按歌每挾茱萸女駐馬頻看芍
藥欄筵前進酒題鸚鵡一日聲名動東府擬從執戟奏甘
泉恥學吾丘能格五去年謬膺公車徵駿馬高臺裝度登
自許文章飛白鳳豈知謡諑信蒼蠅蒼蠅點白由來事意
氣偏嗟羅謗議賦就凌雲秖自憐投人明月還相棄身嬰
木索赴圜門白日沈陰自斷魂北燕謾說鄒生哭東海誰
明孝婦冤銜冤犴狴悲何極慷慨陳辭對岩棘幽怨空教
托楚辭嚴威竟已□秦格忽承恩譴度龍沙遷艸茫茫道

七一

路賒名列丹書難指罪身投青海已無家消魂橋畔誰相送一曲胡笳自悲痛皂帽慚非避世人青山何處思鄉夢鄉心日夜繞江干江柳江花不復攀萬重關塞行應遍十載交游見欲難。從此家山蓴飛藿滿眼黃雲大絕莫自傷亭伯遠投荒却悔平原輕赴洛一向胡天逐雁臣東風揮手泪沾巾只應一片江南月流照漂零塞北人

二月十九日兒兆騫百拜父母兩親大人膝下昨晚昂邦巴公、自都中來云父母及諸骨肉俱已遇赦兒聞此信不覺歡喜欲狂比之聯捷三元亦無此樂聊向觀音準提斗母諸聖像前叩謝佛恩今父母已脫然還家兒雖居窮漠亦何所恨但佛許兒以必歸則我父子必有重聚之日惟有慰加虔禱以求早得歸南侍奉兩親而已去歲十月廿六日巴公入朝兒寄一信上父親一字寄兩兄一字与甫

草既庭令巴公田時何以都無田信及往問彼又云此信已接到孫宅想遭此大故倉猝之時不及寄信耶兒在此平安惟有皈依佛座及誦詩讀書以消歲月但身無分文雖目前稍足自給然半貸之他人乞父母措五十金寄兒為妙可寄在孫老先生令弟諱芳號馨如宅內馨老現官尚膳監住在齊化門內大街兒已懇之孫公渠已寫在家信中矣凡滿人寄物件往來無有不達前姚年兄家寄五十金來亦托藍旗章京帶的父親可面拜孫馨老言兒在此與他令兄汝老相與極好他令嫂夫人相待亦好竟不避的以此托他必不悮也或有確人到瀋陽父親作札與相國或與子長先與數金托他轉寄亦可相國與子長待兒之情可稱極厚每有人到寧古必寫字寄兒凡有到寧古的人必殷勤托他照管此等情誼何可忘也今歲元旦

八一

兒求闕聖籤卜父母及兒一年之吉凶父親得藩籬剖破
渾無事母親得勸君止此求田舍兒得直須猿犬換金雞
兒爾時便知父母必免兒兒亦得避救赫〻神明可稱不爽
豈有應前兩籤而後籤不應之理耶頃二月初一日兒寄
一信托新安鄭姓者帶進京師亦寄在公肅處的不知此
信不浮沈否父母所寄二兩餘銀已到矣父親所致樓郎
及許康侯札俱一一送到因帶信人不能多攜故樓郎不
得回信而康老筆札又皆兒代寫則又可不必矣樓郎氣
誼甚好兒日〻在他家郎老嘗稱兒為老弟兒稱彼為尊
兄可以見交誼矣此土人參多而且賤竟如吾鄉之桃李
兒曾以參半片煎做一大碗飲之毫無好處反瀉了半日
亦不可曉也父母在家須調養身子以頤養天真凡事任
之天數日尋快樂切不可憂愁煩惱此最無益徒損身子

試思吾家戊戌以前何等規模一旦禍發家破人離如瓦解冰泮嘗作此觀則萬事俱空百愁皆釋矣兒在此窮荒絕域遠離膝下區區數語寔出肺腸乞父母留意爲妙兒非故作此達言以慰親懷寔見天下之事雖當如是耳玉雲諸仙所著詩賦皆極其弘麗已成一集而所言之事竟已奇驗惟勸兒輩念準提呪念觀音名號則萬罪冰消百祥雲集又云凡人若能每日誦大士號五千聲或三千聲或二千一千聲口口皆心心心是佛則何災不滅何福不臻又言持誦之時一串念珠未完切不可共人語言若雜一語便成間斷凡念佛念呪俱當如此若準提一呪則泰山不足並其高滄海不足喻其大雖百懺莫消之愆而應聲即滅又言父親爲諸生時嘗持三年故成進士當時若能久持不輟則今日之厄皆消矣兒聞此仙訓如甘露洒

九一

心迷人得路虔持之心日益增猛乞父母同發精心以求佛天之庇母親或單持大士號或單持準提呪可也切禱切禱父母誕日兒皆誦法華經七卷拜水懺一部以祈消災延壽仙師又云誦準提呪必須對鏡灌想梵字三密相應則功課方成所求皆得三密者謂灌想梵字則心密結印則身密對鏡持則口密遵此而行乃稱無漏兒特錄一持呪儀規奉覽乞父母留意為方那老好道之篤可稱第一每日晨昏拜斗母四十九拜日誦斗心呪一萬遍玉皇經三卷未嘗有缺及遇斗期則依科禮拜極其虔敬向日乃一風流咲傲之人及學道之後竟變作一樸誠愚寔竟如耕夫野叟前日那老夜坐之時忽恍惚若夢覺魂從頂門出見一道人引至一處皆白玉為地黃金為宮五色雲光可有萬朵又有萬盞明鐙焰爍宇宙道人云此斗府也

那老口誦心呪踏雲而進忽覺魂從頂入遂醒此皆極奇之事特向父母言之以為好道之助兒媳幸已不來得在家中代兒侍奉父母此極喜事但憐他少年失所又無一子煢煢孤獨竟如寡居乞父母每事恕他為妙茲因章京解京之便勒此上稟兒昨日巳午之交兒正在寫信忽聞歸邦將到即閣筆不書以候南來消息及晚聞知此喜音一夕不寐今日復寫此信奉上昨未完之字一併封覽

十一

四月十七日兒兆騫百拜上父母兩親大人膝下兒于二月廿一日見胡明遠家信知合家遇赦心雖狂喜然尚未敢信及四月十三張坦翁來接父親手字始知父親及諸骨肉悉遇浩蕩已還故鄉捧讀之次喜躍倍常其雀躍之狀總非筆墨可形即向佛母大士斗母聖前叩頭拜謝復向坦翁細詢父母起居坦翁云父親意氣豪放相得甚歡

讀書之外絕無他事若不知有患難者云母親凡事料理真女中之英兒聞此為之悲喜交集所寄銀及紬併餘小物俱到矣但鞋稍長寸許已與人换了昨十五日藍旂章京之子自京師来復接母親所寄在許太〻處家信及十二金線帶二條令父母骨肉已得歸家兒雖塞外亦所甘心倘得邀恩復與父母團聚乃真天幸也昨十三日申刻忽有北京善章京齎詔而来召程年伯程年兄父子回去兒時同往衙門看宣上諭雖自己未蒙赦而同案得還便是死灰復燃之兆我家骨肉重圓當即在邇不覺喜而欲狂復接陳太老師及子長寄兒札云有上傳凡有冤枉者赴本衙門及通政司告如不准赴長安門併不准者亦告等語兒思我遭昌文賊奴陷害家破人離四載況冤無可申雪今幸聖主當陽而奸謀復久敗露此正覆盆得白

之日乞父親赴刑部將此沈冤及昌裘二賊因文社恨兒遂乘機構毒一一告明況昌賊自辨之揭有云明知下石之有人而桃僵李代此真天敗其奸逆賊不訴自招之確證也兒身居絕域憐憫兒者惟父母二人當此千載一日之秋萬乞速為申理無使兒久滯遐方言及于此血淚雙流矣南場一案毫無證據與北場迥然不侔況兒于桁楊之下言詞激壯揮泪題詩此皆載之叅案者兒同訊詩于七月廿六日曾呈先帝之覽想長安士大夫自有公論今當此曠蕩之時萬不可失良會兒案在刑部須赴部告理恐非下邉撫所能主持也程年伯大有機宜者今到京中父親須与之商議必無差誤兒已拜懇之矣寧古寒苦天下所無自春初到四月中旬日夜大風如雷鳴雹激咫尺皆迷五月至七月陰雨接連八月中旬即下大雪九月

十一

初河水盡凍雪纔到地即成堅冰雖白日烜灼竟不消化
一望千里皓茫々　白雪至三月中雪纔解凍草尚未有萌
芽也然土人云近年有漢官到後便日向煖大異曩時而
南人已凜冽不堪矣兒輩皮衣多敝尚未經凍壞方年伯
嘗云人說黃泉路若到了寧古塔便有十个黃泉也不怕
了又云他生若得流徙瀋陽便是天堂之福此皆寔々經
歷之語非過激也兒向來寫信不敢十分言此地之苦者
恐傷父母之心耳兒每日持準提咒誦金剛經觀音普門
品將已二千卷每月誦法華一部求父母消災延壽全家
早還故里今一家骨肉俱已邀恩則兒無獨沈絕塞之事
前日之夢大有還鄉之兆總之佛力甚大而兒之奉佛斗
亦極虔敬即如人日之事鼎湖之升兒皆先于夢中知之
此正所謂不可思議也前日初聞佳耗而心中皇々未定

即于是夜夢父母皆在部中奉赦儻有人呼兒為貴人者並將來兒尚有發揚之事乎當聽之蒼蒼而已昨二月初四孫家人入京爾時已知大行之變兒寄一信不知曾到否父母去歲十一月廿二日及正月初三日兩信兒俱接到矣其二兩四錢亦到不必掛念總之滿人寄信甚確昨秋姚年兄家寄五十金托藍旂章京帶來絕無遺失總之以後父母寄兒盤費第一托孫二老為上次則許太太因許康老云他家人有不守法者恐有差悞若經太太之目則萬萬無虞矣兒在此甚窘賴方孫諸公照拂然三年之久已貸十餘金頃所寄來之物止可還債所存已無幾秋間倘不能歸萬乞寄二十金及衣服與兒總之此地隨到一物皆是至寶近日正苦鞋破而家中所寄之鞋又長而少狹幸子長寄兒一雙履得以替換矣人生至此真為苦

十二
一

極邇來仙緣亦好但不如去年仙云父母當出塞因慶奉金剛大士故得邀恩已不來矣此皆元宵左右之言此間絕無消息之時而仙語如此豈不異哉父母于此益宜日加精進前兒所寄信中力言誦大士名號及誦經呪之功想已達覽矣母親亦宜念大士名號方年伯母每日誦金剛二卷法華一卷大士號四五千彌陀經十卷彌陀號四五千真可謂勇猛仙師云方夫人慶禮蓮臺不獨消宿世之愆已記名于蓮花中矣仙師又云大士號若能虔持獲福無量又言準提呪之力為諸呪之王須依法誦持始有功又言誦呪時不可與人語語則為間斷向字已悉□之恐未寄到故復述之耳兒患難之後受恩最大者則季康老陳太老師兩公皆素不知之交忽揮金周給毫無吝惜此真希有之事若陳師一種憐惜之意尤令人感泣至今

每有人到寧古必托其炤拂兒書札時時往來此恩將何以報耶令浩蕩之恩想必不遠陳師賜環回京乞父親作札重謝凡中丞拜相國稱老先生自稱晚雖同年亦然兒時稟知至若方年伯孫老先生皆極其炤拂亦恩人也兒若承佛力得與父母骨肉團聚此真不世之喜矣兒去歲十一月寄一家信併一札致既庭晴三甫草此字竟浮沈不達今又一札致既晴甫已在公肅處矣北京差章京捧詔呂程家十四日行四千里崎嶇之路可稱神速之甚亦大快事哉

正月十九日兒兆騫百拜父母兩親大人膝下頃十一月初方年伯南歸兒寄有家信想必不浮沈兩親身子安否聞欠錢糧事甚重父親能脫然否兒懸念不可言兒頗平安無煩兩親遠慮誦佛經讀古書以消歲月父親見方氏

圭一

昆弟自能悉兒之近況也臘月間見程涵有字云父親將至京師為兒謀接濟之事兒聞此音為之酸楚累日兒媳出閨想不能免不知家中又作何舉動作何光景想俱是兒前生罪業故受此苦報念頭到此惟皈依三寶一着而已吾家當破巢之後人情涼薄此不待言父親當勿介意恐傷懷抱試觀金沙丹徒諸公則吾家又厚邀天幸矣方年伯臨行時以兒托付許康侯要他照管康老于去年十一月二十日即請兒到他家與他講漢書今歲兒竟館于許氏了兒元旦為父母請關帝籤俱甚平安兒心喜極但求歸家則不甚佳奈何認工之事費用浩大此豈貧人所辦若身有恩例則吾父子即可相見矣傷哉傷哉兒計此信到家必已孟夏兒婦此時想已出門已久不知家中又如何悲慟也蘇州楊駿聲來寧古兒領他見諸公頗有禮貌

其家信一封托兒封歸父親可即差人送到他家爲妙他若有盤費可帶者乞父親覓便代他寄來此真大陰功事也六八兩弟好否讀書有進否後有信來乞父親將家中事一一示知寧古舊冬甚暖爲此地百年所無此地滿洲人皆云這暖都是蠻子帶來的兒想上天垂憫流人故特回此陽和未可知也方世五年兄在京師父親有家信與兒可寄在他處寧古往來之人甚多自可即達或有便人到瀋陽寄在陳子長處亦妙兒自去夏接父親正月字之後迄今一年不得家中消息矣身居塞外望父親片言一語如獲球琅倘有便郵不妨多寄以慰兒懸懸也

不孝兒兆騫百拜母親大人膝下兒今年共有六七次家信寄歸不知俱到母親前否又六月九月兩信俱寄在甫草族人計安甫處不知不浮沉否兒今歲止見大二兩兒

十一

及大妹去秋一字又見大兄在江寧姚年兄家四月所寄一字畧知家中近況聞母親身子平安兒心稍慰寧古往來人甚多別人家並寄有信息獨吾家無片紙隻字為之浩嘆近十二月十三日周長卿家信來云他兒子曾同安石乃郎見過母親說母親平安兒心甚喜即如自己得了家書也兒身在遠不知母親在家光景如何身邊係何人伏侍舊日家人存者幾人在何處做房嘗往蘇州大妹家去否每一念及即為淚零兒想今年十月朝父親靈位曾除否抑待開年清明耶兒每逢時節必西向作享誦經以薦父親時時夢見宛如在家時即如昨夜復夢見父親將一卷時文講與兒聽兒夢中答云此破家之資辱身之本讀之何用父親應云正是兒醒來大哭想母親聞之亦必下淚也媳婦今年十月十四日丑時幸生一男因有孕之

後即每日吃人參二三錢故分娩甚快子時腹痛丑時即生當時在家倒不能如此之易抱腰及洗兒者乃周長卿令政及沈華妻也產後身子健旺之極此總是人參之功兒取小男小名為蘇還取蘇武還鄉及早還蘇州之意想母親在愁苦中必為欣喜也兒今年仍在寧古城中居住因認工免差恐明年二月間不能免奈何〻〻兒盤纏將盡乞母親千萬設處幾十兩寄來如銀子不足綢緞補數亦可以寄与莊季堅帶到北京即可到寧古也至緊〻〻凡有人進京母親即可寫家信送与莊家或方家或周長卿兒子同他家信一併寄在湖州錢虞仲家為妙錢家嘗有人在京今年已兩次有人到寧古矣惟盤纏必交付莊家為妥不可浪付他人也或者大兄到南京將盤纏托与姚年伯此亦甚妙吳御沈華俱平安近日沈妻甚勤謹惟

圭一

吴御日懶一日耳

七月廿一日兒兆騫百拜上母親大人膝下兒于今年五月中接大兄舊冬在南京所寄之信知母親及合家骨肉俱安甚慰寸心兒舊歲有四五次家信寄歸而大兄札中云無一封到家真可恨也又知母親為子粒事受累兒與媳婦痛恨不已兒不能奉養母親反貽憂患每一思之血淚滿衣也舊年寧古塔遷城覺羅去舊城六十里在一片荒野中建造城郭屋宇凡流人有前程者皆在東門外兒與錢德惟年兄相去百步其餘張孫許諸家俱相近兒以十月十二日移居新城以八兩買姚琢之年兄所造新屋琢之共費二十金造成減價與兒止取木料原值而已其情甚厚舊城一應房屋悉行拆毀兒之舊屋止易八車木柴耳今年正月初五日副都統因大將軍卧病忽發令遣

兒與德老兩家立刻往烏喇地方此時天寒雪大又無牛車帳房賴孫許兩家合力相助纔得動身其室中什物盡寄孫家兒與媳婦以初六平明起身登車雪深四尺苦不可言山草皆為雪掩牛馬無食只得帶豆料而行一車所載不過三百斤牛料人粮重有百斤兒與媳婦孫子復坐其上除被褥之外一物不能多載行至百里人牛俱乏賴湖州錢方炌復借一牛車沈華妻與吳御始免步行頭一日沈晝及吳御因無車坐以銀一兩僱路傍人車若過沙林則千里無人雖有銀亦無處可僱矣行至三日將軍命飛騎追回倘再行兩日到烏稽林雪深八九尺人馬必皆凍死將軍真再生之恩也兒輩纔回家將軍即差官家慰問路上辛苦兒與德惟進見拜謝其恩此番往返雇人推車及路上盤費又去十餘金真所謂雪上加霜也蘇還孫子賴

廿一

孫許兩家各送貂皮小外套一件得以不凍吳御手足鼻皆凍至流血可憐々々蘇還甚聰明已能讀詩經四五句矣原說吳江鄉談官說及滿洲話也說幾句常叫道快囬去見親娘兒已取蘇還名為振臣木傍從諸姪排行而辰字則上念父親庚辰甲科而彼乃甲辰生也母親以為好否兒與媳婦孫子家人俱平安不必掛念兒今年在孫家處館又有雲南沐公之子相從然兩家束脩共得十六金只堪一年柴米之用其餘當差及人情分子各項諸費一無所出奈何々々兒盤費久盡債負極多千乞母親設處數十金寄來以救兒與媳婦之命兒舊年字中已屢々痛切言之今已窮苦至萬分必不可遲今年若非束脩已不能存活矣兒亦知家中之苦但兒之債負甚多今亦無人家肯借矣不得不向母親及諸兄弟言之倘有所寄來可

寄與金陵姚年伯處他家每年一定有三四次書信往來
寧古塔的韃子俱認得他家北京的人故此甚易耳大兄
字中云有訟事在金陵不知是何等訟兒心甚懸〻又知
八弟已定姻事甚為之喜但不知八弟舉業如何二兄近
日想亦憔悴舊年見二兄字云已見白髭鬚兒為之悽然
久之昔日我家兄弟何等氣概聲名今俱淪落不偶兒更
萬里漂零言之肝腸寸裂六弟好否尚讀書否不知能進
學否心念不可言五弟曾進學否想亦落漠不知何日相
見也七妹近日如何體中好否兒與媳婦甚念之母親想
常在大妹家外甥及兩女諸姪俱好否後有信千乞將家
中事細〻寫來為妙德惟年嫂于舊年十二月初八日未
時產故可憐之甚祁奕喜于丁巳十月初六日自烏喇逃
歸故鄉矣可與大兄知之姚琢之年兄亦于舊年還往烏

十七
一

喇彼處亦甚好總之有銀子無地不可居也以後家中有字亦寄在姚宅為妙

孫公範來接弟手字敘次詳悉讀之且悲且喜知弟近況窘乏甚為懸念恨我愛莫能助耳母親年老惟賴弟竭力奉養色難二字深宜體貼須婉轉承歡使高年人常有喜歡之意便妙我既遠隔萬里為不孝之兒八弟早逝惟弟一人在膝下正所謂千斤擔子一人獨挑豈可不努力乎大姪能文大是佳事血症全瘉否服藥不如針灸吾門人陳昭令少年亦患此症勢甚危急以灸膏肓三里穴而瘉令且強壯倍昔矣我丁巳冬忽患腦漏月餘服藥不痊乃用艾火灸上星穴七壯午時灸火至酉即瘉艾火之功力如此弟何不率大姪往雙林一治價廉而功倍豈不勝于向庸醫索方哉我今冬明春倘能告歸便當星夜馳行與

母親稱壽但不知將軍之意如何我已曾寫稟帖懇之又
作字與其兩郎囑其轉懇若得如願便與弟有相見之日
矣兒女輩昨俱臥疾今已霍愈餘俱平安聞施法師高老
先生之變為之悽然者久之甫草曾葬否計師母尚無恙
否見甫老令郎幸為我一致念一字寄九臨莪倫可即向
致之併致我相思之殷須促一回字来若有近刻亦帶来
為妙二十年舊友見其一字即如見面也弟共有幾子大
嫂曾完婚否併示知內人閤儀六孀安好特此不既
四月十九日男兆騫百拜母親大人膝下舊冬十二月二
十日附一信在陳雁群年兄家報中頃二月初十日附一
信于欽天監鮑武庚處此二信俱托公肅轉寄歸家未知
得達否兒與媳婦孫男孫女俱平安不必掛念寧古塔因
治募魚皮達子為兵又值水潦旱霜連年穀價異常目下
十八一

竟至五兩五錢一石比二月閙又踊貴矣羈旅之子更逢
凶歲殊難度日如何々々兒自接舊年二月大妹六八弟
所寄之字迄今年餘不見一信心甚悵悃不知母親近況
如何兒自二十七歲離家今已四十二歲人生能幾堪此
長别不知此生尚有歸家之日得見母親之面否兒意要
求母親畫一小小行樂圖寄来兒若見圖即如在母親之
前一般父親真容亦乞畫一小小者同寄来為妙千萬千
萬周長卿有舊僕徐成要到寧古塔来看其主人長卿已
作字付其子以介催徐成即進京同正白旗孫宅管家一
同出關約以今歲秋冬閒到寧古若徐成果行此最的確
之信也母親可將家中光景身子康健面貌鬚髮何等細
細寫来以慰兒及媳婦懸々之念大妹六八弟亦須將近
況細述慎無草々大二兄五弟俱可討一字見寄也大妹

屬不另作字矣母親可致語大妹兒與娘子無日不念也
大女在妹家乞妹愛養之兼教以義方不可出去看臺戲
及他嬉戲爲主洒線紅綠枕頭可教大女做四副来綢要
厚寔不要太薄若緞子或潞紬更妙油綠綿紬可寄二匹
男要作衣服自着向年所帶来之衣皆已穿破矣顔色鎖
線要四兩零碎顔色綢亦乞寄些沈香紫色襪帶可各寄
兩副亦自要用也兒舊日所刻詩稿二種乞尋出訂好寄
来若母親畫行樂圖寄兒乞將厚寔油紙三層包好恐雨
水濕透也兒于去夏日爲二兄秋試事求關帝籤得事成
功倍笑談之句八八弟入泮得玉兔交時當得意之句似大
有可望不知果應否母親見兒此字乞將所用物件預先
料理齊備恐餘成一時起程倉猝不及也甫草季堅九臨
茂倫可俱討一字来若有新刻時人詩選可寄一部来千

萬千萬洸華妻平安可向洸華討一字佛郎及弛女壻俱討字来六弟共有幾姪所取何名八弟曾生子否俱乞示知

去年四月八日共有兩信寄到方年兄處不知俱得到母親前否兒與媳婦在寧古幸俱平安不必掛念向来寧古鄉紳舉人俱照中國一樣優免與尚陽堡流徙者不同此盡順治皇帝在日念寧古寒苦特開此恩例不意舊年因西海外邏車國又名老鎗國人造反到烏龍江来搶貂皮其鋒甚銳將軍差人到京討救即奉部文今年元宵後到寧古凡一應流人除旗下流徙及年過六十外一概當役要選二百名服水性者做水軍到烏喇地方演習水戰與老鎗打仗又要立三十二个官莊屯積糧草此令一到之日將軍即差管家請各紳衿到家中面諭云我家養你們幾年

念你們俱是有前程的並無差錯累及不爲上面因有邊警俱着你們當差水營莊頭壯丁這三件任憑你們揀擇一件三日後到公衙門回覆此即是我的情了兒輩一聞此言莫不相向落淚將軍亦爲悽惶蒙將軍又云若肯認工便俱免了兒回禀與各位老成人細商俱云這三件都是死數不若且認工爲妙因此兒與錢姚兩年兒只得遞呈兒認太常寺衙門錢認倉房四十間姚認文德武功兩牌坊張伍兩年兒因臨時遺失呈子遂俱不准此二月初二日事也母親在家中總不知水軍及官莊之苦兒當細細爲母親言之邏車國人皆深眼高鼻綠睛紅髮其猛如虎善放鳥鎗滿人甚畏之若國人作水兵何異湯澆雪刀切菜必死無疑雖今年新當水兵者不跟出征然將來必不免此水營之必不可入者也況一選在簿上即時打發

廿一

往烏喇去凡寧古家中所有物件俱不能帶不過車牛馱載人口及細軟東西又路上雪深五六尺車行甚難他們充水手者以二月十一日起身兒送至西郊外十里哭聲震天真不忍聞至若官莊之苦則更有難言者每一莊共十人一个做莊頭九个做壯丁一年四季無一閒日一到種田之日即要親身下田五更而起黃昏而歇每一个人名下要粮十二石草三百束豬一百斤炭一百斤官炭三百斤蘆一百束至若打圍則隨行趕虎狼麞鹿凡家所有悉作官物衙門有公費皆來官莊上取辦兒每見官莊人皆骨瘦如柴者況一書生豈能當這般苦楚總之一年到頭不是種田即是打圍燒石灰燒炭並無半刻空閒日子此官莊之必不可入者也舊吏陳敬尹在將軍家處館教他兒子然亦選入火器營管炮至若山陰祁奕喜李兼汝

楊友聲宜興陳衛玉蘇州楊駿聲同年伍謀公皆作水兵往烏喇去矣惟兒與姚錢兩年兒因係認工暫且炤舊等候文書回來定奪倘若不准明年必入官莊矣兒思家中貧乏工程寔難承認然不認工必死無疑頃二月初一初二兩日兒幾番要上吊自盡被衆人勸住眼淚不知落了多少無可奈何只得遞呈認了太常寺衙門這番無人在部裡打點必然駁轉母親即托當人早到京中速速料理救兒歸家或在京中認工或原是兒在寧古認了咨送到部總之早離寧古一日即脫一日大坑若到明年二月必然入官莊無疑恐遂入死路不得與母親兄弟再相見矣傷哉傷哉總之今年寧古塔局面絶非去年可比竟使人無一刻笑顏如今望方莊兩家在日又如天堂矣兒與姚錢認工文書以二月初九日在寧古發行四十日到京算

二十二 一

来七月可轉乞母親早救兒與媳婦回家勿使為他鄉寃鬼也

戊申三月廿三日兒兆騫百拜上母親大人膝下兒久不奉母親来信心中日日掛念不知何故片紙不到舊冬見莊季堅来書知母親平安兒心稍慰但季堅字中竟不言及有家信止云有衣服一包不得寄来等語今三月十一許家人自京師到寧古各家俱寄有家信盤纏而季堅在京竟不將衣包寄来真可笑可怪也兒自舊年到今有五六封家信寄上母親不知有兩封到否兒在塞外望家中一信如飢待食想母親望兒之切更甚于此不知此生可得重見母親之面否兒與媳婦孫子俱平安不必掛念父親曾卜葬地否今柩停在家中幾時得歸土遙念及此肝腸寸斷矣兩日近日光景好否想家計零替其意緒亦必

顏落五弟曾進否六八兩弟近況何如八弟必已完姻念
之不啻轉輪大妹與錫俱好否母親必應常在家中母親
身邊尚有何人承值母親頭髮必已皤白兒不能奉養思
之痛心不已孫子甚聰明其耳朵大而且厚似有好處日
日叫我親娘寶寶要歸來與親娘白相兒取孫子之名為
根侄原按着端姪排行木傍而辰字則以父親庚辰甲科
此子甲辰生也此子寅時生可算其八字寄來為妙兒盤
纏久乏苦不可言雖有館資十六金如何濟得乞母親必
定設處寄姚年伯家為妙若盤費早到一日則兒與媳婦
早受一日之福矣兒與德維于二月廿一日俱以同袍例
優免此亦一可喜事也特寫此字托孫赤厓年兄寄歸但
不知此字果能到我母親之前否耳

二十三

一

八月廿九日兒兆騫百拜母親膝下昨廿七晚接去年十

月廿八日八弟所寄之字知母親暨合家俱平安兒與媳婦心中甚慰但云母親有頭暈之恙而又不肯服藥兒為此懸念不置母親今已年高不比往日少壯必須以藥餌調理為主況又有此疾豈可不服藥乞母親聽兒之言急請好郎中定一丸方或膏子藥方以頤養高年萬萬不可執性怨苦口之藥也來字又云大兄夏間進京寄有家信何竟不到大兄何故遠涉風塵想援例就北試耶兩兄舊秋無一捷者諸弟又不聞有入泮之信何家門淪落一至于此八弟曾婚否字中亦未言及豈尚遲遲耶兒與媳婦暨孫男俱安好孫男亦讀書寫字亦聰慧可教日日要回吳江見親娘舊冬十二月廿九巳時又生一女今已能將雙手扶着炕臺子立了其貌頗似次女今歲春夏間寧古出痘凡滿漢二三千家無一脫者以痘斃者不啻千餘總

惟年兄之女亦以痘殤惟我家一男一女俱得脱然竟不
出痘亦奇事也兒今歲館資可得二十金僅足米薪之費
而衣服及油鹽等項尚須經營今秋又以七月即霜田禾
盡槁穀價大增竟至三兩一石我輩貧寠之人甚難度日
奈何〻〻　改入藩陽為民之事為部中覆壞云極邊重地
不便移改以此竟成畫餅六弟八弟俱宜以色養之道承
歡母親之前兒既不幸漂泊天涯所持者惟兩弟耳兩弟
讀父母之年一章書便悚然自儆矣八弟從二兄讀書甚
妙所習何經若有近作可寄一二篇相示亦足知弟之筆
氣如何父親曾卜吉地否葬期何日言之涕零閩華峯欲
為其長子聘次孫女此大妙之事母親決當許允若出家
一說萬〻不可凡事須從長計較若出家非從長之計也
兒今歲已曾兩次信歸俱叮囑此事想俱未達耶乞母親

三十三　一

即以兒與媳婦不欲次女出家之意達之季大姨兼致感激撫養之恩可也崑山丈人及兩舅俱平安否倪太老師尚在否俱乞示知為妙九臨及甫草年兄兒念之甚切乞兩弟一一致意二兄五弟近況何似五弟仍居楊家橋否二兄考第可得意否尚能留心詩賦否兒雖困苦尚日日讀書今春蒙陳相公夫人自瀋陽以一馬載紀事本末相贈紙札精妙對之如逢舊友目下兒正批閱此書也沈華妻平安甚賴其勤勞從朝至暮無一間暇彼甚念其女及女婿何以不相聞問又訊其媳家姓名佛郎在彼得所否後信來須言及之也姚年伯處所寄十金已收訖此前歲臘底到者今年正月廿一日接大兒六弟去歲正月十八廿一日之信併此奉聞

頃九月十三日宜興陳子治回南曹附一信寄上母親又

各札致兩兒及大妹五六八弟又字付二女計此信當以
明年春夏間到也昨初十日午間見周安石舅祖所寄長
鄉字知父親已葬寶華兒心欣慰之甚不覺又涕泗橫集
回腸摧骨一慟欲絕乞母親及諸兒弟將墳地風水及葬
時儀禮一一示知以慰兒萬里外之懸念也又聞六弟改
姓為登州守備兒為之喜躍但不知何以得此衰落之門
有此亦足破寂幸細述其本末六娘子曾往任所否曾迎
母親往彼否崎嶇水陸不若在家之安也兒久不接大妹
及六八兩弟信惟舊冬見大媽姪一札頗詳細令春見二
兒附山子一札乃知六弟八月入京之事耳不知大妹及
八弟何以遇便而不寄一札也悵嘆殊極母親近日康健
否身邊服侍何人飲食照昔日否常服藥餌否兒與媳婦
可勝懸念兒今秋幸大將軍巴公延教其二子待師之禮
富一

甚隆館金三十兩可以給薪二月初五午間娘子到寧古細述大妹種〻情誼使我感激不已如我妹者正所謂女中之英也前接妹字知身子違和心甚懸掛未知即愈否昨三月朔日特卜一課甚吉想已久愈矣妹在京中何時起身歸家吾與娘子無日不馳念吾妹也陳子長今年正月到京娘子寄信與妹不知可曾到否我歸心甚切但工程浩大家又貧乏何計得歸故鄉與妹相見言之痛心山西胡世兄處可有所助否若得些〻寄來最妙兩甥好否莊季堅處將有人往來京師妹可細寫一字與我以慰懸切為妙令詩萃及吳江詩略所選我詩妹可着沈華將細字寫了炤樣圈點寄我一看萬〻

與顧華峰書

自壬寅冬獲承手書卯春一緘奉報曾幾何時十年所矣

滯留絕域，相見無從，即稍托音書，亦復匪易。悠悠此心，悵惘何極。伏聞出入金門，追蹤枚馬，放廢之人，遂爲慰藉。曩歲弟婦東來，云華老欲以令子婚我次女。近歲屢接家鄉，知華老篤念故人，期以必踐前諾。伏聞此音，銜感入骨。弟以塞外遷人，爲時所棄，而吾兄故情深厚，欲締姻盟。雖巨源字中散之孤，拾遺嫁崔曙之女，揆之高誼，何以相過。但小女撫于玉峯李氏，聞李有相靳之意，弟已屢札致之，又啟之家母，期以必諧，以無負我華老盛念耳。弟漂零之況，日以增劇，所攜婢僕，奄忽都盡。加以歲比不登，米價八倍，賴合肥及宋徐諸公捐金相餉，以度凶歲，否則久委溝中矣。今外無應門之童，內無執爨之婢，煢煢然夫婦形影相弔。欲傭舂自活，而時爲伯通，誰能相恤？想華老見此，必爲我泫然泣下也。塞外使者月至京師，倘惠書，乞付舍姪轉至。

二十五 一

海陵年伯所自可即達矣欲言縷縷非筆所既

一

寄電嶽

自去冬奉書以来忽忽半載不獲展候負愧良深春初請之幕府已許入關謂可把晤罄二十年相思之懷乃以他故而止今鬻貂者赴都復以泥潦縱横我馬瘦甚遂不獲西邁與吾兄相見恨恨悵悵非可言喻德老三月間還于敝居之左祇隔一籬燈火互炤吟嘯相聞旋復往来殊慰寂寞菊莊詞已播之平壤聞甚欽歎吾兄及茗文其年御試詩賦弟延佇者一年幸舉以示我以慰如飢家二兄遂爾長逝身為還客雖同産之兄不得一臨其喪言及于此腸為寸裂舍姪来京否遺櫬得歸否併卒之月日俱乞相示無嫌瑣瑣也一函致玉峯乞為轉達其老乞致惓切率奉不一

又

昨廿三日武姓者至兀喇得接吾兄二月十一寄弟及德老札為之驚喜吾兄與玉峯盛誼如此吳保安那足復數翹首金雞何日東下從此餘年皆公等賜也弟以幕府召久滯兀喇故得即奉音書明日便騎馬東去計程七日可抵寧古想德兄見此札亦當喜而泣也武林徐楚玉兄省親塞外與弟相見甚懽今送其歸因附此奉聞楚兄儒雅翩翩且至性過人為今日所少乞兄不惜齒牙併祈介于君家大阮弟亦有札奉寄併乞為弟深致惓切目下南氣告平真絕塞望恩之日納鍰減等亦吾輩之厚幸也惟乞圖之欲言再布不既

又

昨六月十八日西曹查案凡十三人名至寧古而弟及德

二十六

老不預令復月餘後查者尚未到豈遂付之不查乎頃見赤厓札云工数必須二千弟蒙諸公力已有其半聞之感而喜喜而復懼倘工數不足事必不成此機一失便有河清難俟之歎伏乞吾兄與玉峯令姊謀所以救弟者弟今在苦海中一無所恃可恃者惟二三故人耳此時佛亦不能救我能救我者亦惟此二三故人耳惟祈垂憫叩頭叩頭承潘次老表兄遠貽手札併惠以詩讀之感不可言次老之才李供奉流也何時得一把臂乎弟日間爲俗冗所絆投隙始草此數札竟不及仰和來詩含愧殊甚乞兄一致此意當于後郵賦寄耳如承報章乞詳以示我不既

又

三四月間兩見手札知電老愛我之深救我之切雖在同塵亦不能及弟亦不敢套詞致謝弟近日望歸之心迫于

水火倘此機一失將來使不可知老母莫年而弟亦非茂齒况淪絶域恐遂永隔以此惶々不得不呼天搶地于玉峯兄弟及我電老也惟乞早賜恩波俾弟早為中土之人則恩同二天矣叩懇々々 郎侍中奉使塞外召弟相見甚承憫歎以四律投之頗有薦雄之意併以奉閲四律附覽

郎侍中奉使塞外賦贈

黄雲驛路凈氛埃落日鳴笳使者來早拜千牛陪鳳輦新驅駟馬出龍堆旌飛楊柳城陰迥帳擁芙蓉劍色開多少冰天遷客淚待君歸奏建章臺

柘弓斜月紵絃鳴珠服如星熠玉纓穿禁久分中貴寵趨朝争識小侯名每調生馬期門出獨鞚輕鵰傍輦行知爾羽林誇健手肯教馳射數邊城

郎公將還京師賦此奉送

二十七

一

西風吹雁滿關山愁見蕭蕭四牡還橫笛清秋縈客恨辰楊明日為君攀紫臺霜露催征騎丹闕星河啟曙班極目長安天際遠離心空望五雲間

述懷奉呈郎侍中

漂零廿載隔中原老去空憐舌尚存自分耕鋤安玉塞誰將詞賦達金門牛衣已盡書生淚雞赦頻思聖主恩何日春風同燕雀萬年枝上一飛翻

又

吾兄二月十一及三月廿二兩札俱已郵至弟讀之喜而悲悲而復喜吾兄及玉峯公救我之德何啻更生凡尋常感恩佩德之語總不足以形容高厚庚子山云物受其生于天不謝弟之今日正如此耳尚祈終始提挈俾得早還早離一日苦海即早受一日大德以吾兄及玉峯昆季愛

我之意何俟遠嘕然久客望歸不自知其瑣瑣也茲因司
歷閣君之便草此奉聞可勝依依

奉吳耕方書

憶己亥春長兄送我請室淒其執別哀甚北梁為時幾何
再踰星紀依依之思南望沾衿冬初姚兼三年姪來得奉
長兄手書二十年離索之悲三千里相思之切一披尺素
羈緒為開把翫彌旬涕與笑會長兄以枚馬之才遭右文
之代銅龍金馬照耀甚都屬此雁行能無雀躍弟昔去家
時年甫二十七意氣豪壯謂不後人令潦倒冰天忽將知
命窮廬土銼殆成塞翁回首曩年宛如隔世人生至此淒
咽何言長兄聞之應亦為我心惻也弟居在鎮城之西茅
茨界隘僅堪容膝昨中秋日移入雁群年兄所贈之室簷
宇閒敞殊豁愁衿但不似貧士所居弟婦甚耐苦小兒年

二八一

已十六使弓馬而不愛紙筆大女十齡頗能識字次女六歲亦聰慧可喜每并臼之暇與二三兄弟吟嘯相對鄉音滿室宛在江南有門人陳昭令者文采風流絶類南士與弟居止接近時能賦詩破我旅恨此正如蟋蟀蟪蛄哀吟草間以自樂其春秋耳昨夏封山使者謬索詩賦人非執戟忽奏甘泉思之殊足笑人錢德老伍謀老姚琢老三年兄均屬申候琢兄更致惓切其嗣君兼三覲親南歸進謁階次長兄問之便可悉弟近況及臨潢風景也邊鴻殊便時企德音勞勞之心與紙俱去

致李棠

十載前即仰企聲名不意弟還鄉國而台臺乃淪跡遐陬人事錯迕類多如此頃歲欲從胡璞老屬一奉顏色而迅車言邁未遂鄙懷爲悵何如敝門人至獲承惠書忻快殊

極惟望讀書學道以慎玉體則其旋之吉未可知也

荅陸令書

廿年判袂一夕披襟宴笑樽壘殷勤縞紵良友之情一何珍重每懷斯誼靡日能忘弟抵都之日即走一械奉報而圉人已行此札遂未及達爾後他冗紛紜兼以多病缺然中懐慚仄何言忽奉手書快如復面但益增弟心之愧耳華兄已往故鄉重陽時當復来此前所托已面致之華兄之懐企年翁有如飢渴其意極殷ゝゝ也令弟年翁尚未把晤即當覔便稍候餘衷嗣布不既

致成侍中容若

昨暾佳粺胃氣頓開于此久習亦如逢舊識耳舍甥小兒亦居此相伴復携兩力以供奔走午間尚欲得粺飯幸勅厨人以精潔者相餉并乞命一尊伴来此以便百凡尊處

充一

移取畫冊及唐人小說立命檢示

答玉虹友

日來賤體委頓特甚竟不能欸坐兼惡聞人聲深感惠問
尊咏病中未能畢閱俟稍痊當細為僭箋也

致客老

日去日遠相思日深兩承惠書愛我何至賤軀以立冬日
漸瘉手足腫消之亦漸減腹疾瘉其八九脈氣平和可望
得生矣附子餌過一枚人參加至八錢今尚大餌東僧緣
金付託此真大善事也弟藥餌之需復蒙垂濟總之此身
公身也尚敢言謝乎夫子尊前乞稟候華兄想月內可到
陸令若無暇賜以顏色乞傳溫語諭之足矣

又

昨委頓竟日如中酒者今似小差然手足腫欲乞馬公一

視偶思吳中魫魟燻鯽特以製法奉覽即以勑廚先生或暇一過我

又

雨窗欹枕殊復清幽惟念伊人縈迴懷抱聞耳老僧擊鼓每一奮椎即數千百聲令人神思震蕩清梵疎魚自是應禮何必作霹靂耶乞命一尊伴諭之

又

披對尊聯喜慰無量秦少游閲輞川圖而病癒想正爾爾賤體不思飲食即飲食亦不易消土虚則補其母藥中欲用附子乞命價詢之馬公為荷

又

頃接手函讀如披覿但捧咏之餘轉深相憶耳知起居清勝寸牘為慰復讀新詞淒麗而婉媚真箇中人箇中事臨

三十一

風展紙惟嘆風流不識以鄙言為有慊否賤軀尚未能愈
時時伏枕佇望歸鞍為我校叢炎景尚煩伏惟珍重餘言
詞布

致劉道臺

治　荷老祖臺雅愛殷隆有踰骨肉中心銘佩非筆可陳
雖燕雲吳樹迢隔三千而綢結之恩時依榮戟屢欲裁禀
馳候以塾務所羈未遑申臆茲因舍表姪　南歸之便
特令其叩首鈐下代伸敬衷尚蒙老臺垂念遠人台楊生
而詢旅況則感荷良深矣

又

奉違台顏將復一載遥瞻榮戟勞結彌殷褰帷聲譽翔播
都亭　令旌閭門敬叩鈐閣老公祖好賢禮士藝林所仰
吏祈俯推薄分賜以青睞則　之感頌明德豈有既哉

卜令

廿載羁縻，幸還鄉國。與吾老表叔雖誼深中表，而展覲未遑，遥望楚雲，秪增馳仰。昨歲在禾與静山表兄相晤，殷勤把袂，情均鶺鴒。時欲一伸尺一，上候起居，而塵鞅所縈。每謁台墀，幸推薄分，進而教之。姪以春抄復來都下，館于舊席，倘有便郵，幸示德音。臨楮瞻溯，不盡依依。

王司威

不奉笑言，屢更蓂莢，勞勞之憶，日在尊前。頃率小兒上謁，未及一叩皋比，深用增悵。小兒以朔野童昧于筆墨，重蒙題拭，感荷何深。舍表姪金上簡就試成均，伏乞老先生特加品隲，列之顔行，得倫宗之目，糠粃可媿在前矣。敬此上瀆，不盡瞻企。

致立齋

三十一

對我所欽病軀為愈枚公之裁蔑以加兹承餉佳致深荷厚意

原書不著何人手錄副葉有四世孫鯨裝五字并佛弟子朱文方印首葉頂有長留天地間朱文圓印下應著錄者姓名處已剜去案府志漢槎父晉錫崇禎十三年進士永明王時巡撫永郴桂長寶事不可為為僧九疑山著有孤臣泣血錄等書觀首篇與漢槎尺牘有父子共坐樓頭讀書云云疑始而出家禁網既解仍復鄉里也四世孫鯨當即山子先生班固東都賦嘗圖艸以鯨獸注鯨同育府志育傳但云兆騫後人語涉鶻突此書姚子梁觀察於冷攤拾得鈺於鄉黨遺文寶如頭目假而迻寫并得證明為山子先生遺物他日當付之剞劂

爲秋笳三集之佐證焉光緒丁未長洲章鈺記

漢槎家書輯存十五件上兩親者八件父歿後者七件不能銜接固知遺落甚多非全錄也卽其丁父艱事全爲佚去他可知矣久戍冰天艱難危苦文人之不幸而以比祁奕喜諸君六人之爲水兵往烏喇者又不幸之幸矣何時釋回亦無從攷查增人悶損予於甲寅得秋笳集茲又於章式之譯部處得見此冊因錄副以附集後欲知漢槎始末者俾得大略焉石蓮隨志

右歸來艸堂尺牘一卷清吳江吳兆騫撰計家書十五通致朋舊者廿一通首冠其父晉錫所付字一通海豐吳氏傳鈔本爲葉揆初丈所得家書第一通首行吳氏朱筆旁注云原書有以下皆高祖書六字章式之丈以原書副葉有四世孫毓裘五字證爲山子先生遺物可信

三十二

也尋繹各書當自順治丁酉被遣至康熙戊申戍邊時所寄觀其音信投遞之難十二年中魚雁浮沈僅存如許宜矣越歲辛酉釋回相距十三年之久則又一字無存良可惋惜辛酉根臣撰甯古塔紀略記述其父為之命名又遣赴烏喇及認工代役諸事悉本家書可以攷見一二意者根臣在日家書猶得彙藏傳至毓遴手錄成冊後附致明舊書疑毓以各處輯獲者今秋笳集中有戊午與顧舍人書適與此冊與顧華峰書相銜接使根臣得寓目必為刊載入集也據根臣跋謂兆騫著作頗富奈屢丁顛沛存者無幾則此冊未經刊行附詩述懷一首亦出集外尤為可珍詳覽諸札可見兆騫生平志節與當日塞上景物之備故桑之遺即此鱗爪豈可以等閒尺牘視之哉爰為印行以廣流傳顧廷龍謹跋